黃山料 ——

著

# 把日子
# 慢慢變好

suncolor
三采文化

# 前言

作者黃山料紀錄自己八年來，內在「兩個人格」的互相對話。
透過長達八年的自問自答，練習自我覺察後，產生蛻變與成長。
進而改變人生軌跡，並開始感受幸福。

作者多年前發現自己內心有兩種聲音、兩個身分、兩種人格，
**其一，是本能的我、本我（無助的小孩）**
**其二，是客觀且理智的我（具備思維、洞察力的少年）**

透過身體裡「兩種人格」的互相探問，練習「覺察情緒」，進而
提升「個體黃山料」在人際關係中的生存能力。內在的「少年」
協助「本我」進行自我覺察、與自身情緒連結。建立健全的三
觀———愛情觀、價值觀、人生觀。

**明白 情緒** ▶ 找出情緒的來源、隨時確保和自己的情緒做連結。
**明白 自我** ▶ 分析自己的感受，才能釐清自己嚮往的人生藍圖。
**明白 愛情** ▶ 愛是本能的吸引，但幸福與否，卻是理智的選擇。

作者透過本書，分享當深陷負面情緒，作者的「自救能力」，藉
由體內「另一個人格」哲學般的引導、點醒，瞭解負面情緒從何
而來？如何化解？而終於能「看清局勢、為人生做最好的選擇」

# 目錄

前　言

序　章

## 相遇的理由

01/ 為什麼「你很愛我」，卻不想跟我在一起？—— 11

第一章

## 思維決定命運；
## 改命，其實只要改變思維。

02/ 他忽遠忽近、若即若離，我該怎麼辦？—— 23

03/ 他為什麼不給我承諾？—— 31

04/ 為什麼我在感情裡沒有安全感？—— 39

05/ 怎麼辦？我有一個製造不安的伴侶。—— 47

06/ 如何看待伴侶與其他異性的界線？—— 53

07/ 我們該用什麼態度應對「情緒勒索」？—— 59

08/ 明知道未來有天會分手，現在還要不要在一起？—— 69

09/ 朋友和伴侶，哪個更重要？—— 77

10/ 我為什麼離不開你？—— 85

11/ 為什麼他明明在乎我，卻仍一而再的傷害我？—— 95

第二章

## 所謂命中註定，
## 其實，是由潛意識決定。

12/ 你相不相信？真的有辦法改變命運。 ——— 105

13/ 為何我「控制不了我的情緒」？ ——— 109

14/ 我努力的壓抑情緒，為何卻仍然爆炸失控？ ——— 117

15/ 我換了很多對象，卻不清楚我到底愛不愛？ ——— 123

16/ 人為什麼要賺錢？ ——— 133

17/ 如何培養「真正的自信」？ ——— 141

18/ 我努力工作，卻不知道「我真正想要什麼？」 ——— 147

19/ 誰才是我的真朋友？ ——— 153

20/ 沒有共識的兩個人，怎麼在一起？ ——— 165

21/ 活這一趟，必須追尋這五個目標。 ——— 171

22/ 他是不是「對的人」？ ——— 175

23/ 命運都是潛意識的引導。 ——— 183

第三章

# 把日子過明白，
# 一切自有安排。

24/ 你要的他都給不起，為什麼你還留在他身邊？——— 187

25/ 你能否接受一個很愛你，但不理解你的伴侶？——— 197

26/ 為什麼我們離不開彼此？——— 201

27/ 你想要餘生如何度過？
是困在令你感到困惑的情感關係裡？
或離開他，人生重新來過？——— 211

28/ 如何讓命運帶我去更好的地方？——— 219

29/ 人為什麼要結婚？——— 223

30/ 怎樣的人，值得我相伴餘生？——— 229

31/ 值得我傾盡一生追尋的是什麼？除了愛，就是自由。——— 235

32/ 何謂最好的生活？——— 239

後　記

33/ 我們經歷的一切，
　　不過是在為自己的認知買單。—— 246

尾　聲

34/ 專文推薦　諮商心理師　陳志恆 —— 254
35/ 專文推薦　諮商心理師　胡展誥 —— 256

序

章

相遇的理由

你身邊有誰，看似是你在選擇，
但事實上，一切早已「命中註定」，

因為你的磁場，吸引了與你契合的人，
你們就註定要「陪彼此一段」，直到你的磁場改變為止。

比如你回頭想，曾讓你難過的那一位前任，
事過境遷，你一定覺得荒唐，為何當時那麼執著於他？

其實，所謂相遇，並產生羈絆的理由，
不過是因為彼此的到來，正好「符合雙方當下的磁場」。
雙方是那個階段彼此所需要的人，所以你們對彼此有感應。

而當磁場過去了，你有所改變，你成長了，
你們自然就不再互相吸引。

# 為什麼「你很愛我」，
# 卻不想跟我在一起？

**我**　每一次遇到難以負荷的重大挫折，我都會躲到你身後，你是我的哲學家、諮商師、引路人，這幾年一路走來，只要向你求助，任何難題都能迎刃而解。這一次，我再次跌落谷底，不好意思，又要勞煩你照顧了。

**少年**　這次又是什麼煩惱？

**我**　我們交往好多年了，我們感情穩定，財務狀況良好、朋友圈都支持，今年，我們約定好，要結婚了。

**少年**　嗯，然後？他反悔了？

**我**　他說跟我在一起很快樂，但婚姻不是他要的。他說：「我一想到要有小孩，要一輩子跟同一個人在一起，我就感到很窒息，我怕後悔。婚姻這麼小、世界這麼大，如果走下去，就失去未來一切發展的機會，把人生活得狹窄，失去更多可能性。」

**少年**　理解。結論是，他不要你了。

我 不是！怎麼可能。他不是不要我，他只是不要婚姻。

怎麼可能不要我？我們信任感牢固！財務穩定！朋友們都支持！這一切是我們成家的底氣！他只是有他的困難……所以你不可以這樣下結論……

少年 「他不要你了」這句話讓你覺得很刺耳嗎？

我 抱歉，說到這件事我可能比較激動、不小心對你生氣了……

少年 你並不是氣我，你只是打從心底認為，他突然反悔不跟你結婚，等於「他不要你了」。他拋棄你，讓你感到挫敗，你還在抗拒這項事實，**你從他身上找不到「他還要你」的線索，所以你來到我面前，想從我這裡找到一點他還要你的希望。**

我 我是不是逼他逼太緊了？才導致他想要探索我以外的可能……他才因此想要試試看別的感情……

少年 你確實很努力的為這段感情扎根，包括財務、朋友支持、生活安定，你掌控得非常好了。同時，你無法控制的，是他對於自己理想生活的認知、他對他自我的認識、他的迷惘、摸索……**你不可能幫他探索他要的人生，那是他的功課。**

我 我們到底是哪個步驟錯了？

少年　　錯在「喜歡」跟「愛」不一樣。

　　　　「喜歡」的本質是輕鬆的，不用責任，沒有壓力，一旦不開心，隨時好聚好散。但「愛」呢？愛卻是很沉重的，愛不愛，是看你願意犧牲多少，你願不願意從現在到永遠，不論順境或逆境，你都陪伴他？不論貧窮或富有，健康或疾病，快樂或悲傷，都互相珍惜，對彼此忠誠，直到永遠？你願意嗎？以及，他願意嗎？

我　　　我願意。但……他不願意。

少年　　愛是雙方除了享受快樂，更要承擔彼此的缺陷，你的某一部分願意被另一個人牽絆，你願意被一個家庭綑綁，這就是愛。

　　　　所以關於愛，雙方不能只想要美好的部分，愛是有代價的，它的代價是我們要犧牲一部分的自我。

　　　　也正因為它很沉重，我們卻仍然願意承擔，才證明了那是愛。雙方各犧牲了一部分的自由，換來彼此的不離不棄。如此羈絆，正是愛。

　　　　所以，請去找一個願意為你付出愛的人，而不是只拿出喜歡，卻想交換你的愛的人。

我　他能給我的，只有輕輕鬆鬆的「喜歡」，
而我給他的，卻是沉重到他不想承受的「愛」。

少年　他也在接受你的愛的過程中，觀察、理解「什麼是愛」，你是
促使他成長的媒介。你的出現，對於他生命層次提升的過程
中，是很重要的際遇。

我　等他有足夠的成長，他會愛我，會跟我走入婚姻？

少年　從「喜歡」到「愛」，是很長的路，每個人的路程不同，有些
人在前往「愛」的路途上，被其他人吸引走了。也有些人的喜
歡，卻能層層堆疊，變成堅實牢固的愛。

有些人交往半年，愛就浮現了，有些人得花上好幾年，才能把
伴侶視為生命共同體。可惜的是，也有人終其一生都自我中
心，不曾有過把另一個人視為共同體的能力。
他們不曾真正愛過。

我　我要怎麼做，才能讓他被我感動，進而給出「愛」？

少年　你辦不到。
且不是你的問題，因為若他和別人在一起，也會有相同的狀況。
他若不是一個「有愛的人」，他手上沒有愛，當然給不出愛。

**他手中只有「喜歡」，所以你只得到了他的喜歡，**
**但你沒想到，那一點點，已經是他擁有的全部。**

我　嗯……。
　　我想知道，如果他最終沒提升到愛的檔次，他就只是憑著喜歡我，他只是覺得跟我相處很舒服、生活被安排妥當，他覺得我很方便，同時，他也找不到比我更好的人，所以，他跟我結婚了。你認為，有沒有可能？

少年　一個無法給你愛，只是因為方便，或其他利益而留在你身邊的人，這會是你渴望的「生命共同體」嗎？

我　這很糟糕，但如果要把他留下，也許只能這樣……

少年　你想留住他。

我　是。希望你像以前一樣。教我對付他的方法，讓我成功把他留下。告訴我，怎麼做，才能扭轉局勢？

少年　確實像過去一樣，我們有方法可以讓他留下。

我　告訴我。

少年　我想教你「綜觀全局」。

　　　看清局勢以後，要不要讓這段感情繼續下去，就是你說了算。

　　　你將不再是被動選擇，而是**找回主控權**。


　我　告訴我任何方法，只要能讓這段感情繼續下去……


少年　我會告訴你。但在那之前，讓我們覆盤一遍，

　　　這段即將步入婚姻的感情，你，是如何走到今天。

# 真實故事改編

本書以作者的私人日記作為原始素材，
為顧及當事者隱私，內容經改編，
以確保作者及與相關人等心理安全。
文中提及之事件、人物、關係，不完全等同於事實，
一切僅供以「寓言故事角度」參考。

第
一
章

思維決定命運；

改命，其實只要改變思維。

限制伴侶的交友、管控行蹤，並沒有用。
他若必須在你的掌控下，才不會出軌，
他只是屈服於你，不是愛你。

相反的，你給他自由，讓他有許多選擇，
他卻在眾多選項中，始終選擇你，
這才證明了愛的存在。

## 他忽遠忽近、若即若離，
## 我該怎麼辦？

**我** 這段即將步入婚姻的愛情，是我們多年來，度過許多難關，好不容易走到這一步，所以，我不會輕易放棄。

那年，感情剛萌芽，他很主動，每天早安、晚安，後來我們牽手、接吻了，他說他從未遇見像我這樣特別的人，說我很重要。

那年，我們有各自的事業重心。但我認定這段感情後，我主動調配了重心，把工作的時間減少，多一些時間留給他。

但他並沒有像我這樣做，白天的時光，總是聯繫不上他，說是工作忙碌。但就我看來，不是工作逼得他沒有餘裕跟我聯繫，他在白天不聯絡我，那單純是「他的選擇」。

他在工作時的空檔滑手機、看影片、發社群、買網購、跟朋友通電話，卻「不讀我的訊息」，也不曾主動和我分享他的一天，不曾訴說他的心情。這讓我感到沒有安全感。

少年　所以，你開始逼問他的行蹤、歇斯底里的連續打電話。

我　嗯，甚至想看他的手機，我的直覺告訴我，他有藏事情。
兩個人在一起，不就是應該「互相坦白、坦誠的分享」嗎？

少年　是應該坦白、應該主動分享生活，我認同你。
**但你也必須尊重對方在這段關係裡所期待的「節奏」。**

我　節奏？

少年　每一個「個體」，要與他人結合成「共同體」，過程是不舒服
的，因為必須捨棄一半的自己，讓另一個人的特性進入自己的
生命。每個人適應兩人生活的節奏不同。

我　你的意思是，我太急了？

少年　你的伴侶一個人過慣了，他跟你談戀愛，要開始適應你的要
求、適應「每一個舉動必須顧及兩個人」的這種生活，一時
間，怎可能完美？

我　是我太快的用我的主觀來要求他……

少年　你的伴侶，他的父母雙亡，他是獨生子。

他在世界上是真真實實的「獨自一人」。

而你，你家中有父母和多個兄弟姊妹，你從小在團體裡成長，你懂共享、懂妥協、懂同理心、懂得情感上的關照。

你從小練習到大的事，卻是他不曾練習過的，因此，你當然比他更熟練的進入共同體。這就是我所謂的「雙方節奏不同」。你得停下來等等他。

我　嗯。可是他至少要跟我報備行蹤，否則我會不安，我接受他有獨處時間，但如果他願意安裝定位軟體……

少年　先冷靜。你聽好了，

**你必須允許你的伴侶，每天擁有「一部分與你無關的時光」。**

**限制伴侶的交友、管控伴侶的行蹤，是沒用的。**
不然請你想想看，下面哪個作法比較能證明愛？

第一，你的對象，需要靠你佔有、限制、24 小時控制，如此，他才不會出軌。他在你的管控下安份了，但這能證明愛嗎？

還是第二，你給他百分之百的自由，他有很多選項，卻在眾多選擇中，始終選擇你。這樣是不是更能證明愛？

我　給伴侶「百分之百的自由」？？？？

少年　對，在感情中最強的做法，就是「給伴侶全然的自由」。

我　給他自由，看他會不會自己回來，確實，那更能夠證明愛。但如果，我給他自由，我擔心，他會在別人和我之間游移……

少年　若他這麼做，代表他不堅定，不是你值得投入的對象。
現在的問題不在於他，而是你的不自信。

我　對。我不認為我的價值夠高，我不認為我夠珍貴、值得被他把握，我打從心底認為他對我不是認真的、覺得他不喜歡我。他的忽冷忽熱、若即若離，讓我搞不清楚他是否在乎我……

少年　是的，我的建議很簡單　「重點從來不是他是否喜歡你」。
比起佔有對方，我更希望自己成為一個優秀的人，
成為一個永遠保持魅力的人，讓對方重複的愛上我。

或是找一個「自發性有自制力的人」，
找一個本身就有同理心、有智慧、已經被完整開發的對象。

而不是談個戀愛還要我努力管控，他當然該自己管好他自己，
怎麼會歸我管？我是在談戀愛，我並不是在帶小孩。

我　你說的對。但我現在該怎麼做？

少年　去提升自己的價值、鍛鍊自己。

我　好。

少年　你要練習給對方獨立空間，
　　　且向他溝通，雙方必須清楚「界線是什麼」。

　　　舉個例子：我們都自由，不用報備行蹤，
　　　但界線是不能和其他異性單獨出門。
　　　有自由，也協商好尺度。

　　　**如果你給他自由，他卻跑了，那他就不是你的。**
　　　**如果你給他自由，他繞了一圈，還是回家了，**
　　　**那就代表他真的離不開你了。**

少年　也要提醒你，
　　　如果你費盡心思溝通，所有方法都做了，
　　　卻無法在這段關係裡感到心安，你要記得
　　　**「讓你拼命追趕的人，就不會是對的人。」**

我　我一直都知道，愛應該是雙向的，但是……

少年　是的，你不是第一次談戀愛了，
　　　愛應該是雙向的，你給他自由，因為你信任他；
　　　他主動分享生活，因為他想給你安全感，不希望你擔心。
　　　雙向奔赴的愛情，從來不用刻意規定，因為兩個人都珍惜，
　　　也因為都在乎，所以兩個人都「**自己懂了分寸**」。

我　其實……

少年　請說。

我　我們做了一切情侶間才會做的事，
　　他卻告訴我———「我們只是朋友」

少年　好的，這又是另一個課題了。

當你搞不清楚對方是否愛你，
那一刻，其實對方愛不愛你，早已經不重要了，

因為，他愛不愛你，是他自己要搞清楚的事，
而你唯一要搞清楚的，是你要不要選擇一趟
「和他一起瞎耗的人生」

03

# 他為什麼不給我承諾？

**我**　我們同居的這幾個月裡，通常我會提早回家，為我們準備晚餐。他到家，我們會擁抱，出門上班前，他會親吻我臉頰，家務由我負責，舉手之勞，能讓他減少生活壓力，我很樂意。

但問題是，有一天，他的親戚要到家裡借住幾天，他卻要我暫時搬離、避免碰見他親戚。我找他釐清原因，爭論一番後，他的反駁令我無言以對───**你是不是誤會了？你以為我們是情侶嗎？**

近半年的相處，我們做的所有事，都是情侶才會做的事。
可一旦狀況對他不利，他會立刻撇清關係。

**少年**　他佔著位置卻不給你承諾，只有三個可能性。

**可能性一、情感操控。**
他非常在乎你，也感到不安，於是對你進行「情感操控」。
他知道你最渴望什麼，所以偏不給你，吊你胃口、打壓你志氣，讓你自信衰弱、在關係裡變得卑微，他進而擁有關係的主控權。

**可能性二、你身上有他要的價值。**

他尚未確定他愛不愛你，但他很確定你能帶給他好處。

可能你能解決他的孤獨、你給他理解、陪伴、包容、帶給他思維提升、帶給他財富或名譽、人脈等任何「有形或無形」的價值。

**可能性三、他真的不知道自己要什麼。**

眼前有個送上門來的你，他試試看，你成了他用於探索人生的一項消耗品。試過之後，覺得不錯，但他仍不知道他要什麼，他也不願在搞不清楚自己的情況下，增加更多成本（避免承擔更多承諾、限制，與責任）。所以維持現狀，是對他最有利的選擇。

我　你能辨別他是哪一種可能性嗎？

少年　三種都有可能。也可能三種同時發生。

我　但我還是想跟他繼續在一起，我喜歡他……

少年　其實，想清楚的人會明白———
　　　**「無論是哪個可能性，都不重要了，**
　　　**因為這段感情的起點，本就是不誠懇的。」**

我　請問，有沒有轉圜的餘地？讓我翻盤的機會？

少年　有。但不建議你這麼做。

我　告訴我。我想跟他在一起。

少年　方法就是「維持現狀」。
持續的讓他享有你給他的好處，
讓他和你待在一起是舒服的，關係就能延續下去。
他不會給你承諾，同時，他也不會拒絕你。

這邊指的好處並非金錢利益，而是任何價值，包括陪伴、包容、理解、照顧、打理生活等。因為只要這段關係好處大於壞處，他能「**低成本的參與這段關係**」，他就不會推開你。

你可以這麼想，沒有承諾無所謂，你就當作你們已經在一起了，反正實質上你們會做情侶們才會做的事，只差一個名份。只要你不在意名份，單純享受跟他在一起的時光，雙方就都沒壓力。

我　瞭解，我改變不了他，就順應他，並調適我的心態。

少年　是的，如果你施壓，會讓他想離開，反而你不求回報，他才會
　　　給你回報。你必須讓他習慣你的存在，終有一天，習慣到不
　　　能沒有你的地步，屆時，當周遭所有人都認為你們是伴侶關係
　　　時，這段關係就自然成立。

　我　好，我可以慢慢等，陪他成長。

少年　不，你誤會了，**他不一定會「成長」。**
　　　他只是習慣你的存在，所以接受了這段關係的存在，因為你對
　　　他太好了，好到沒人比你更好了，沒人有本事受這樣大的委
　　　屈、沒人會傻到消耗青春時光，於是你成了唯一留下的那一個。

　　　所以，他接受你的存在，並不代表他搞清楚自己要什麼。
　　　成長，是提升自我認知、能承擔責任、能在人際關係取得平衡。
　　　成長是能夠處理問題，並妥善處理情緒與感受。但他並沒有。

　　　他不許承諾，因為規避責任；
　　　他寧可傷害他人，也要保全自己。
　　　他不清楚自己要什麼，只是順應命運而被迫接受。
　　　他僅以自己的規則面對人際關係，
　　　他無法和不同的規則交流、無法取其平衡。
　　　這樣的狀態並非成長。

我　他不會有所改變嗎？

少年　高機率不會。見微知著，你看他現在如何對待你，就能明白他
　　　將如何應對將來你們該共同面對的困境。

　　　他會維持這樣的態度，去應對任何事，
　　　比如，面對關係中的巨大壓力時，你無法指望他共同分擔。
　　　要不要結婚？是否生孩子？及其他可能的矛盾。
　　　這段關係中，他輕描淡寫，但你必須負全責。

我　嗯……我仍然願意一試。

少年　你也必須明白，
　　　退了這一步，未來的日子，你得再退一百步，你失去了底線。
　　　以上，是我不建議你小火慢燉、滲透他生活的原因。

　　　現在，你知道你如何能夠「得到他」了，
　　　但「**他是不是你要的**」？你可能還沒想清楚。

我　他是我要的。

少年　你確定？
　　　第一、我認為你只是迷戀，不是愛。

**你還沒找出他明明傷害了你，卻仍使你瘋狂迷戀的原因。**

第二、你必須知道，你一旦讓步，等同放棄那些身為伴侶應有的權益。名不正，將言不順。

我　我不確定未來我會不會想和他走一輩子，但現在，他是我要的，我深深迷戀他，不知為何的想念他，我不清楚未來，但「至少我清楚現在」。未來的事，如果沒有經歷現在，我不會知道，所以，我必須先擁有他，和他有開始。

少年　也對。
　　　**你必須體驗一趟，才會明白**
　　　**──「誠懇、責任與擔當，是基本盤」。**
　　　**沒有基本盤，有再好的外表、條件作為加分項，都仍是零分。**

我　在和他相處的過程中，也許會辛苦，但我知道，一段感情若不是得到，就是學到。我會義無反顧，也相信會有收穫……

少年　你的決定，我並不支持。但你的勇敢，我給予肯定。

我　反正碰到問題，我有你可以商量嘛。

少年　下次見，你很快會再回來找我。

你必須離開他的理由，不一定是因為他不好，
而是因為跟他在一起時，你變得不好。

當他的行為，總能激發你的負面反應，
讓你變得不安、脆弱、焦躁，
那麼，離開、保持界線，是對彼此最大的善舉。

# 04

## 為什麼我在感情裡沒有安全感？

我　這段戀情剛開始時，我有強烈的不安，這是我不曾有過的體驗。回想遇見他以前，我甚至安定到不認為原來情侶之間，有必要討論安全感這項議題。

少年　是的，人會隨著遇見的人不同，而有所變化。在與不同的人的互動中，會激發你給出不同反應。比如你的對象，他的行為就特別容易激發你的不安、焦躁、敏感、多疑，這些壞的一面。

我　為什麼我會不安？

少年　**不安全感，出自於對關係的不信任。**
　　那些不安，只源自於你不相信他愛你。但掌控他的行蹤並沒有用，只有當他願意主動分享他的生活，才有意義。

我　我常想，如果說出口的承諾總能兌現、約定不會失約、遇事總能聯絡得上、雙方會主動分享生活、習以為常的晚安不會突然沒有。如果如常可以如常，又怎會不安呢？

少年　我想跟你分享「**安全感運作的根本邏輯**」。

　　　年輕的戀愛常以為安全感等於「秒回訊息、報備行蹤」，但年紀漸長會發現，安全感跟秒回訊息無關，是否每天見面也並不重要；因為安全感的來源，是信任的養成，是你相不相信他的為人、人格，相不相信他始終願意與你磨合。

　　　而這些信任，是日常裡你們對彼此人格的細微觀察，逐漸累積而來，最終「確認雙方心意一致」，透過你觀察出的結論得知：

　　　「你確定，當他不見你的時刻，他心裡都有你。」
　　　「你確定，當彼此偶有爭執，也仍然帶著誠意想讓關係更好。」
　　　「你確定，你們為彼此著想，誰也不會拋棄誰。」

　　　你確信，你們是為了更靠近、更融洽，而在磨合；
　　　你確信，你們始終「以在一起為前提」，
　　　不是誰替誰打分數，分數低的就淘汰。

　　　**當雙方確信彼此的善意與堅定，確信這段關係中，不會有一方剝奪另一方的權益，安全感就自動建立。**

　我　但他不是，是他製造的不安，卻還抱怨我有控制欲⋯⋯

少年　確實不該抱怨另一半有控制欲。既然都成了彼此的伴侶，那麼，一段關係裡「雙方都有安全感」，就是你們共同的責任。

人會在感情裡不安，通常是感受到威脅時、感受到不確定時、覺得失控了的時候，每個人都需要適度的掌控生命中的什麼。

有人說自己討厭控制，那是謊話。
因為人都喜歡控制、都需要主動掌控些什麼，
只是誰藏得比較深、控得比較自然而已。
**我們的安全感永遠是出自於一種「我掌握了我的人生」的感覺。**

當你的另一半造成你生活有極大的變數、混亂、不理解的情事，你就會不安。然而，當你的另一半對你的愛是穩定輸出，不會情緒忽冷忽熱，你確定你擁有可控而安穩的日子，就有安全感。

對方能否給予你安全感，取決於「認識夠不夠深」，對方越是冷處理、冷暴力，你會越是不安，因為無法溝通、無法理解對方真實的想法，這樣的未知，引起猜疑，就會不安。所以，挑選一個願意和你好好說話、互相分享自己的人，比什麼都重要。

我　我明白了。

　　我的不安，來自於我看見一些「他認為我不重要」的線索，
　　那些細微的點滴，構築成了強烈的不安，不安累積到了我能承
　　受的臨界值，我於是變得敏感、對小事偏激。

　　我們該如何改善？

少年　第一，他能否理解，他的某些舉止，本身就會傷害到你，即使
　　他無惡意。第二，你能否理解他對你的防備心，出自於想信任
　　人，而建立關係，卻又不信任人，而疏離關係，這樣的矛盾。

我　是不是我只能給予理解，無法期待對方有所改變？

少年　他不信任人，跟他的經歷有關，他可能潛意識裡認為，必須給
　　對方一些「會傷害對方的考驗」，確定對方被傷害無數次，仍
　　會留下來，才證明愛。那是他的人生觀，你無法干涉。

　　但其實，一個好的對象，不會容許自己被踐踏。他的考驗，只
　　會把好的對象篩掉，他透過傷害他人而認可感情的模式，最後
　　只會留下與他同樣有心病的對象。

　　我必須強調，他如何處理感情，無關對錯，只是個人選擇不同，
　　正如你選擇與他繼續糾纏，對我而言，這更是一種病態。

我　嗯，你只是想說，我們兩個都有病。

少年　是的。都有各自的課題。
　　　**你們有各自的心病，所以不自覺的，兩人吸引，湊在一塊。**

我　我是不覺得我有啥心病，這不重要……
　　重點是，如果他對我做的那些「令我不安的事」是為了考驗我，
　　代表他比我想像的還要更在乎我……
　　那麼，我好像就不會不安了。

少年　是。
　　　他的若即若離，要不「真不在乎」，要不「超級無敵在乎」。

我　我認為是後者，他超級在乎我，因為有次他偷翻我的手機，查
　　閱我的通訊軟體對話紀錄、訊息、聊天對象等等。這跟你剛剛
　　說「他其實強烈不安」不謀而合。

少年　你若是一個心態穩健的人，你需要的，是跟你一樣安定的對象。
　　　然而，飄忽不定的他，他需要的，則是一位跟他一樣飄忽不定
　　　的對象，一個可以接受他的失蹤、不接電話、經常冷戰、內耗
　　　也無所謂的對象。也正因為無所謂，所以可以通過他的考驗。

並且，他會再次陷入盲點：「你無所謂可能是因為不愛我」，所以他會再一次的，找到一個會因為他的忽冷忽熱而焦慮的對象。

且通常，他甚至無法意識到，自己正在這麼做，
他活在這樣的世界，這是他的愛情觀，
你確定⋯⋯你要走進去？

我　我要進去⋯⋯
　　我會努力擁抱他的一切，即使，那會令我遍體鱗傷⋯⋯

如果你總想改變那個「有問題的人」，
那麼，若他不願調整，問題就永遠無法解決，

你也因此失去了主動性，
必須遷就於他改變，或他不改變。

為了找回主控權，
只有改變自己的心態，或停損、離開。

# 05

## 怎麼辦？
## 我有一個製造不安的伴侶。

**我**　他對我說「安全感是自己給自己的，不要把你的不安全感牽拖
　　　給我」，我聽了好錯愕，他作惡多端，卻要我自己想辦法心
　　　安？到底是誰的問題？我們只是意見不合，他就失聯七天，七
　　　天拒接我的電話，也不回家，我當然不安啊……

**少年**　確實，關係裡的任何問題，都不會只是一個人的事。
　　　你們是因為什麼事情意見不合？

**我**　我們約好每天晚上八點一起在家吃晚飯，他時常遲到，所以我
　　　跟他做了約定，如果你要晚回來、沒空，你提早告訴我，我都
　　　是可以理解的，我就不會等你。

**少年**　嗯，互相體諒，這是個好的解決方法。

**我**　但是，他一樣遲到，且沒告訴我。我經常等了半小時、一小
　　　時、兩小時，我像傻子坐在餐桌苦等，他才告訴我他忘了。

少年　我理解你的不悅，問題不是你等待他，你那麼在乎他，所以當然願意等他，但你不能接受的，是他不尊重你的時間。

我　對，我們為此事爭執，他還說：「你的控制欲讓我壓力很大，我們以後不要晚餐了」。接著他出去住旅館，失聯七天，用此手段懲罰我。我長期被他爽約、忽視、排在後順位，不被尊重，我當然充滿了不安，安全感怎麼可能是我自己給自己的？

少年　安全感是雙方共同的責任。
　　　**當兩人成為伴侶，兩個人就是「一個單位」。**
　　　**我們要以這個單位的集體利益，做最優先的考量，因為我們是共同體，雙方所言所行，都該顧慮共同體中，另一方的感受。**

　　　感到不安，通常出自於兩個原因，
　　　因為不理解對方。第二，不被對方尊重。

　　　安全感是這樣：
　　　失聯沒關係，告訴我為何你要失聯？你想失聯多久？
　　　晚回家沒關係，告訴我你在忙什麼？
　　　訊息不回沒關係，我知道你在工作。
　　　消失一整天沒關係，我理解你偶爾需要獨處。

**重點不是你去哪裡，而是「我知不知道你去哪裡」。**

**不是我控制欲強，而是你有沒有尊重「伴侶有知道的權利」。**

當我向你索取安全感，並不是想限制你，而是想「被你多尊重一點」。「我希望你給我安全感」換句話說，就是「我希望我們互相理解」。

一段感情最怕的是，一個人很忙，另一個很閒；一個人朋友圈很大，另一個人的世界只有愛情；一個人心思細膩，另一個人卻不愛解釋；於是兩個人漸漸疏遠，疏遠不是因為不愛，而是差異太大，讓彼此都累了。

說的是，愛要走得久，一定必須大量溝通，不要只是默默忍耐，因為當失望累積得太多，會突然爆發，最後就再也彌補不了了。

我　　積極溝通，是最好的辦法。冷處理，則是最糟糕的做法。

少年　如果一個人忽近忽遠、搞消失、冷暴力，
　　　再有安全感的人，那份原先的安然自在，也會被撕裂。

如果雙方充分理解，對話順暢，深度認識，尊重彼此的需求，曾經再不安的人，也會漸漸成為一個安定又溫柔的人。主動溝通與互相理解，是關係穩定的要素。

但必須說，這一切，都不是不安的人，無止境索求關注的託辭。剛剛說「雙方共同的責任」，意思是正在不安的人，也要負責一半，請穩定自己的情緒，不要任由自己的不安，讓對方窒息。

我　我已經很收斂了⋯⋯壓抑死了⋯⋯吞委屈吞飽了⋯⋯
　　我卻仍然感受到他好像因為這些事，越來越不喜歡我了⋯⋯
　　我該怎麼辦⋯⋯

少年　方法很簡單，雖然我不建議你這麼做。

　　步驟一，不要讓他察覺你的不安，更不要因為不安而向他提出要求，因為他會感到壓力，而對你生氣，並有想要丟下你的意圖。

　　步驟二，你要發展你的多元興趣、交友圈，讓他覺得你變得特別忙，發現你活得特別愉快，當他發現你的專注力不在他身上了，他自然會回頭抓你。

我　就是他需要這段感情的時候，我在。
　　但感情遇到問題的時候，我得當作他不在。
　　我自己處理、消化，不給他任何負面因素，不給他情緒，
　　只讓他享有感情裡的好處。

少年　是的，做到以後，他會開始願意經常回頭找你，你才算真正得
　　　到他。但回頭看，會發現在你放棄底線的那一刻起，你就已經
　　　失去你自己了。

我　為什麼？我失去了什麼？

少年　**因為這段感情不是你在風雨中能安心棲身的港灣，你得戰戰兢**
　　　**兢才能撐起它。並且，你最脆弱的樣子，不會被擁抱。**

我　他不處理，就得是我來處理，他不改變，就必須我來改變，感
　　情不都是這樣嗎？得有一個人願意妥協，才能繼續下去，他當
　　不了妥協的人，那就是我的責任了。

我　我相信這些我為他而做的調整，他會因此感念我的好，這也是
　　我給他的身教，教他「為彼此做調整的重要性」。

少年　你選擇走進深淵，我不支持，
　　　但我理解，這是你此生必走一趟的課，必踩的雷，必摔的坑。

一開始，他讓你傷心，
你們要討論的，是該怎麼調整、磨合，

但如果他持續的令你傷心，
你要追究的，就不是他為什麼傷害你。

而是你為什麼即使遍體鱗傷，
卻仍執迷不悟，不肯鬆手？

# 06

## 如何看待伴侶與其他異性的界線？

**我**　後來的我，學會了獨立、不依賴、不吵不鬧。

我學會了表面上裝作無欲無求，只談愉快的話題、迴避關係中待解決的問題，壓抑內心的情感需求，我扮演普世公認的好伴侶。

當我們不見面的時刻、他失聯或冷漠的時刻，我滲透著他的朋友圈、混熟了他的鄰居與社區警衛、認識他的同事與親戚，久而久之，我不再不安，因為他的任何行蹤，我不再需要透過他來瞭解，他的圈子被我悄無聲息的佈滿線民。隨著相處的時間累積，當他朋友圈的所有人都認可我是他的伴侶，我也學會了不再執著於他的承諾。

所有人都認為我們是一對，我們住在同一個屋子、吃同一桌飯，打開同一台冰箱、坐同一座馬桶、用一對的牙刷、穿同款球鞋、我打理你的生活、幫助著你的事業、你穿著我送的衣服、戴著我給的錶，在這些事實面前，你給不給承諾，可以不再重要。

在你身上，我問不出答案，那麼，我製造答案———任何事都綁在一起、讓你再也抽離不了我，就是我賦予這段關係的答案。

**少年**　你們貌似愉快的生活，暗藏底下的，是壓抑的情緒，和大量未解的問題、被忽視的需求，還有不明不白、扭曲的關係。

**我**　這就是我今天來找你的原因。
我的歇斯底里、不安又發作了……。
因為我發現他的通訊軟體，有人傳親密的訊息給他。

**少年**　他怎麼解釋呢？

**我**　他說對方只是網路上來搭訕的人，沒見過面，他也澄清他沒有越線，那些曖昧的情話，都是對方傳來的，他只是接收訊息，沒有回傳情話。他說他「問心無愧」，畢竟他無法控制別人怎麼講。我想也對？查看對話紀錄，他傳的訊息都是理性的、沒有情愫，很明顯是對方喜歡他。但，為何……我還是難以釋懷？

**少年**　因為你被誤導了。

**我**　怎麼說？

少年　**主動避嫌，是對伴侶的基本尊重。**

有些人明明已經在一段情感關係裡，卻不抗拒那些主動迎來的曖昧，被動的接受其他對象的閒聊、情話，被動感受著「被喜歡的感受」然後說「我沒有出軌，都是別人主動的」。

我無法理解那些人的邏輯，你被動接受別人的靠近，正是讓我們的「信任」漸漸破碎的理由啊。他一次次說他想你了，你雖然沒有回應，但你「允許」他傳送這些曖昧訊息給你。你沒有邊界感的行為，要我怎麼信任你？

**我不知道你有沒有越線，但你允許他越線了。**
**你說問心無愧，但你愧對的是對於「身為你伴侶的我」的尊重。**

在你們的案例裡，他把原本只分享給你的日常，也分享給了別人，他把曾經對你的閒聊給了別人。當初的你們，正是從無所謂的聊天開始，後來聊到交心，進而成為情侶。而他正在把你們專屬的細碎時光，分割給能讓他感覺良好的其他人。

他也許不承認，但這正是他在替未來埋伏筆。每一個他被動接受的曖昧，即使沒有回應，光是接受了，就代表他給了對方進一步靠近的機會。你出於尊重，給他自由，不代表他可以沒有尺度。

我　對！你這麼一說我就通了，他的詭辯扭曲了我的觀念。

少年　你想知道，如果是我，我會怎麼做嗎？

我　想。請讓我參考。

少年　如果我談這場戀愛，我認為，有了對象就不該再跟其他可能發
　　　展的對象閒聊，一旦對方越線，他應該拉開距離不再聯繫。

　　　我允許你有除了我以外的異性朋友，但不代表你可以接受別人
　　　的曖昧。基於我尊重你要的自由，你也應該尊重我的主觀感受。

　　　所以找一個「有界線的對象」真的很重要，
　　　有些話只能對伴侶說，有些日常只能分享給伴侶知道。

　　　**如果你沒有專一的心、**
　　　**沒有足夠穩定的心理狀態，**
　　　**不清楚自己要什麼，就不要向我靠近。**
　　　**非誠勿擾。**
　　　**你那雜亂不堪、界線不明的人生，還是你自己去過吧。**
　　　**放你去折磨別人，我不敢恭維，先行告退。**

我　你說得很瀟灑、帥氣，但我辦不到，我就是因為喜歡他，所以才會有這些困擾，如果可以離開，我就不會有這些糾結了……我想知道，他為什麼這樣傷害我？我該怎麼和他溝通？

少年　溝通？看來你病得不輕。

　　　一開始，他讓你傷心，
　　　你們要討論的是該怎麼調整、磨合，

　　　但如果他持續的令你傷心，
　　　你要追究的，就不是他為什麼傷害你。

　　　而是你為什麼即使遍體鱗傷，
　　　卻仍執迷不悟，不肯鬆手？

欲擒故縱、控制、立規定、緊抓不放，
其實這些手段，根本留不住一個人。

只有讓他在這段關係裡，
持續的感到快樂、幸福、滿足，
才能讓他持續的願意留下來。

先成為一個「能帶給別人幸福的人」，
才有本事留住那個「能讓你幸福的人」。

# 07

## 我們該用什麼態度應對「情緒勒索」?

**我** 最讓人灰心失望的三個字是「對不起」。

　　我的伴侶,他犯了錯,道歉之後,要我原諒。但這對我是不公平的,因為這等於是要我吞下他在我身上造成的負面損傷。

**少年** 是的,你很清楚,這就是你討厭聽到他道歉的原因。你會因為他的道歉,而心軟、妥協,但心裡的不平衡仍然未被解決。

**我** 上次爭執之後,他又故意冷落我一陣子,作為我不聽話的懲罰。冷戰期間,多虧他的朋友們都是我的人,每當朋友們有事找我,朋友就刻意聯絡他,請他轉交東西給我,或朋友們假裝不知道我們吵架,透過他來詢問我的近況。他的朋友圈經常提到我,讓他逼不得已,只好跟我聯絡。於是他回頭找我道歉。

**少年** 所以你又妥協了。

**我** 我也不想輕易原諒。但是他都說對不起了,我能不原諒嗎?我不原諒,是不是就成了我的問題了呢?

少年　應該這麼說——就算我原諒你了，不代表我們可以回到原點。你在牆上鑿了一個坑，你道歉了，我原諒你了，但你要想辦法把牆壁抹平，我們才有可能回到原點。

我　所以我心裡被他敲碎的部分，要怎麼抹平？

少年　你得告訴他——當你犯錯或內疚的時候，如果你在乎這段關係，不要對不起，只要為我做一些事情，主動重新加深我們的感情，關鍵在於你的主動性。

做一些能讓我感覺到你對我的在乎的事情，因為我之所以能被你傷到，就是因為我在乎你，我也同樣需要你給我同等的在乎。

請你去把你自己製造的問題解決，並主動提出補償方案來找我討論，如果你暫時無法做任何事，就欠我一份人情，下次你要答應我一個要求。

觀念要清楚——
**我原諒你，是我有能力寬容你因為犯錯，而對我製造的損傷。但「我們是否能重修舊好？」則是肇事者你的責任，你要主動做些事，讓我們回到當初相愛、互相信任的狀態。所以不要跟我道歉，道歉沒有用。做些什麼，主動把你鑿的坑，給填上吧。**

**我** 完全認同！這麼一想，我發現他有試圖彌補。他表達歉意、表達在乎我的方法，不是主動提出問題來討論、解決，而是買我喜歡的吃食、送我小禮物。這些舉動，讓我知道他在乎我了，但他不直面問題，問題仍然存在，所以我仍然糾結、痛苦。

**少年** 嗯，你明白他這些舉動背後的意思嗎？

**我** 什麼意思？

**少年** 他沒把話說白，其實他的意思是———
「我知道你不舒服，所以我表達歉意了。」
「但我仍堅持我原本的想法，沒討論空間。」
「我們之間有問題，就是你的問題，請你自行轉念，或調整。」

**我** 哦，所以他不溝通問題，只拿禮物討我開心，意思是：
「禮物我送到了，抱歉讓你委屈，勞煩您好好消化，別煩我。」

**少年** 他其實非常清楚，一直以來，有許多他不想退讓之處，只要對你稍作安撫，你總能百般配合、調整自己。

**我** 「我都道歉了，你不接受我也沒辦法」，這是最糟糕的處理方式。因為「你過去了，不代表我過去了」。傷痕如果沒被及時

解決，都會是關係中累積的未爆彈，當累積過多，崩塌以後，就再也無法挽回了。

少年　他該慶幸你還願意在這裡跟他糾結。
　　　當一個人不糾結了，不在乎了，不愛了，那都是不可逆的。

我　這是很好的提醒，我必須讓他知道「他可能失去我」。

少年　也是一種威脅、警告。中性一點的說法，是「談判」

我　但……他會指責我「情緒勒索」……

少年　那是他的無限上綱。
　　　**關係出問題，就必須談判，**
　　　**而你只不過表達了一點點你的需求，就被認為是情緒勒索。**
　　　**其實，那些壓抑他人情緒、不允許他人提出需求，否則就冷暴**
　　　**力對待的人。他們，才是「真・情緒勒索」。**

我　你的意思是，情緒勒索跟談判，本質上是一樣的？

少年　是的。那些人們認為是威脅、警告、情緒勒索的互動方式，其
　　　實都可以視為「談判」，我們必須看清楚雙方有什麼籌碼。

他拒絕與你溝通,他的冷暴力,那也是他的談判手段。

他的籌碼就是「反正你不會離開我、你離開我我也沒差」

任何感情都需要談判。

認識越深、交情越好,越是需要,因為我們越靠近彼此,就越看見彼此的真實,雙方都想用真面目來相處,那就得互相調整。**談判的目的,是為了讓雙方都用最舒服的狀態,待在這段關係。**

於是需要釐清「哪些是你可以調整的,哪些是我可以調整的?你不能的部分,我能不能配合?我配合這個,你能不能也配合那個?喔,這是你的底線,好,那我退讓。那麼我的底線,是不是你也能退讓?如果不能退讓,我們會失去什麼?」這就是談判。

我　　原來如此,本質一樣,只是人們看待它的角度不同!

**你若積極看待,那麼,對方提出的要求,就是為了讓關係變得更平衡的一種談判;你若消極面對,那麼,再正向的談判,在你眼裡,也變成了沒有討論空間的情緒勒索。**

少年　我提出我的要求,也同時告知你,如果不配合我的要求,你會失去什麼。讓你能全盤的評估你的選擇,並且,你也可以提出你的要求。這是公平的談判,誰都可以提出籌碼與需求。

如果你覺得是情緒勒索，而拒絕繼續溝通，那你就沒有選擇，只能接受談判破裂。你的生命與其他人無法交流、你無法透過與他人進行交易，進而擁有更多；因為你只接受你自己的規則，所以你的世界是狹窄受限的。甚至很有可能，你的一生，將永遠只有你自己一個人。

我　明白了。**所謂情緒勒索，可以是一種談判，**

而他對我冷暴力，也正是對我的談判———
目的是：「你要配合我，不要讓我不開心」
代價是：「如果你讓我不開心，我會不理你一陣子」
籌碼是：「你很在乎我，不能沒有我」

少年　是的。

你該讓他知道：「不要跟我道歉，請你想辦法彌補，請珍惜每一個還能被你傷到的人。會為你所傷，是因為我仍然非常在乎你。如果我的愛被消磨到一點也不剩，那也是不可逆的，到那地步，就再也修復不來了。請你自重！」

我　但，他不接受我提出的談判，只與我進行他要的談判。

少年　說白了，他從頭到尾不曾承認你是他的伴侶。

他只是被動的接受了你的靠近，且默認了朋友們的認定。

「他不曾承認你」，這也是他的談判籌碼，
任何你想從他身上得到，有形或無形的東西，都成了他的籌碼。

我　為什麼……你把他想得這麼壞？也許他並沒有這麼複雜？

少年　他可能不壞。但我在談的，是他行為背後的「潛意識」，
他對你做的任何事，都是他跟隨潛意識而做的自然反應，而不
是他有意識的選擇。

我　你的意思是，他沒覺察到，自己行為背後的深層理由？！

少年　他根本不曾思考過你在他人生裡的意義，
只任憑情緒牽引，做出各種表面的、膚淺的事，

他想跟你建立關係，卻又不信任你，所以不自覺的收集籌碼，
他傷害你，來讓自己處於比較不容易被傷害的狀態。
這些都是他本能的接受潛意識的引導，做了這些事。

**你們倆，應該去探究各自的心病**
——你為何被他一再傷害，卻不離開他？
——他為何對關係極度不信任？要透過傷害你來證明愛？

65

他應該花心思去探究自己要的是什麼？

而不是在不清楚自己要什麼的狀態下，既不表達，還耽誤別人。


**我**　你說的沒錯。


**少年**　好了好了，研究他沒有意義，

因為和一個不在乎你的人，較勁冷漠，你必然會輸。


你談判的**輸贏**倒是其次，我認為不重要。

我仍是那句老話，你要弄明白的，是你為何如此執著於他？

這才是問題的根本，比你現在提問的任何事都還要重要。


**我**　我還是不知道……

但你提醒了我一項關鍵，他不擔心我離開，

因為我的離開，還不足以成為他的致命傷，所以他不怕……。

**謝謝**你的提醒，我知道我該怎麼做了。


接下來，我將致力於提高我在這段關係裡的「談判籌碼」。

總有一天，讓他再也離不開我！

愛著一個「不願意理解你的人」，
那會比單身一人還要孤單；

愛著一個製造內耗的人，
更是地獄級的孤單；

你終究會發現，
單身，並無欲無求的人，
有時候，才是最幸福的。

# 08

# 明知道未來有天會分手，
# 現在還要不要在一起？

**我** 我們同居多年，他卻不曾承認我是他的另一半，為了讓他承認
這段關係、提升我在他生命裡的重要性，我只好精密佈局……

我的伴侶他父母雙亡，他繼承的遺產裡，有一筆土地是跟叔叔
共同持有，他的叔叔很固執，叔叔卻跟我比較談得來，所以，
他希望我幫他跟叔叔談土地如何處置。

我說我很想幫你，但我有困難。因為我不知道要以什麼名義跟
叔叔談，如果我是你的朋友，叔叔不服，他不可能同意我來談
出售土地的事，你就無法賣地籌現金。但是，如果我讓叔叔知
道我是你以結婚為前提交往的對象，叔叔就會允許我代替你洽
談土地如何處置。

許久以後，他再次問我能否跟叔叔談？我問所以我們是以結
婚為前提正在交往中嗎？他說「嗯」，他同意了。他不是說
「是、對」，他就說了一個「嗯」，光是這個嗯，就讓我受寵
若驚，我好像有了活下去了力量。於是，我貢獻了我的功能，
換來我們成為情侶，並許下對婚姻的約定。

食髓知味，為了鞏固這段感情，我掌握了訣竅，他繼承了上千萬的遺產，不知如何處置，他恣意揮霍的同時，發現遺產越來越少，他的財商不佳，因此我藉機幫他理財。花了些時間，把他的一千萬元，變成一千兩百萬。他看我輕輕鬆鬆，於是換他親自操作，一千兩百萬，賠到只剩九百萬，眼看虧損，他放棄投資理財，全權交給我處置。

後來某個夜裡，他溫柔的在我耳邊說：「謝謝你幫了我很多，我想辭掉工作，以後你養我，可以嗎？」我竊喜，我當然願意。

從此，我提高了我的談判籌碼，我成了他不可或缺的夥伴。
在我的精心設計下，他漸漸離不開我。

少年　嗯哼，既然你達到你的目標了，那你還來找我幹什麼？

我　這……我有點不曉得怎麼講……

少年　你在為什麼事痛苦呢？

我　好像也不是痛苦……準確來講……鬱悶？還是……迷惘？

少年　這段關係，讓你很累對吧？

我　對……很累……

少年　他明明如你所願留在你身邊，但你仍然不滿意。

我　最近感覺他對我的態度冷淡許多。
他不太碰我，睡覺也不睡同一張床，維護睡眠品質是藉口，其實是對我沒感覺了吧？只是因為我對他而言，仍有許多功能性，所以我們還能維持這段關係……

少年　所以你的問題是？

我　我開始有些負面念頭，他遲早會跟我提分手……我想問，如果我「**明明知道未來有天會分手，那現在還要不要在一起？**」

少年　「**你知道未來有一天會死，那你為什麼要活著？**」

我　嗯，也對……
如果最終會死，乾脆現在就不要活了；
如果未來會分手，乾脆現在就不要在一起了。
但即使會死，我們也仍然努力活著，
所以即使會分手，也要在一起。

但，我們到底為什麼要活著？

為什麼要談這些累死人還可能被分手的戀愛？

少年　因為我們活著的意義，都只是「體驗而已」。

重要的是經歷的過程，而不是結果。

重點在於曾經在一起，而不是最後有沒有在一起。

　我　體驗而已？

少年　因為你無法掌控未來，現在很愛的，也可能在時間洪流裡變淡，所以擔心未來是不必要的，最重要的是體驗當下。

你只要根據當下的感受，去選擇能夠滿足你當下需求的對象。不要想十年後，因為世界上多的是當初完美無瑕的夫妻，在多年後破碎的故事。

時間很可怕，會讓愛的人不愛，

但時間也很善良，會讓愛的人更愛，

**正因為你無法知道時間最後會帶給你什麼結果，所以時間就是最大的風險，而你避險的方式，就是體驗當下，只要你當下有了收穫，就算最後結果不好，你也不虧，因為你賺到了過程。**

我　所以能讓過程快樂，不虛此行的人，才是最終的贏家。

少年　正確。「人生只是為了體驗而已」，這個道理，套進任何例子都是成立的，比如，努力賺錢是為什麼？因為要消費升級，體驗不同社會階級的人生。關鍵是「體驗」。你也可以不賺錢，只要你甘心待在現在的階級，體驗這個階級的人生。

我　所以我跟他在一起的意義，是為了體驗這些委屈、糾結、運籌帷幄、工於心計，最後被冷落，獨自睡在空蕩蕩的大床。

少年　還有那些曾經的喜悅。你們吃同一桌飯、睡同一張床，逛夜市時他餵你吃東西、人潮裡怕走散而緊緊牽著手、在月光倒映海洋的沙灘上接吻；還有每次爭吵以後，他總會帶些好吃的給你賠罪，他記得你的喜好，也在你生病時照顧你，那次你高燒病危，他在急診室著急的大喊醫生，這些都是你幸福的體驗。

我　明白了……所以，用要在一起一輩子的心態去找對象很重要，找到想跟我走一輩子的對象也很重要，但更重要的是，我們不確定能否相伴到老，但我們都願意一試，試過了就不後悔。

少年　是的。據說，真正能走到最後的，都是那些好好體驗每一個當下的人。才能一步一步，把每一個當下，堆積成一輩子。

我　還能在一起的時候，用力在一起。以後分開了，我會慶幸自己當初曾經用力的獲得了許多回憶和成長。

少年　是的，你開竅了，就是「成長」。

我　成長？

少年　這正是我放任你執著於他，讓你去撞個頭破血流的原因。

我　什麼意思呢？

少年　他對於你生命的意義，是婚姻？是一輩子？沒有人知道，**很有可能，他存在於你的生命，不是為了相伴終老，而是為了使你成長，為了「讓你更認識你自己」。**

　　你無法自拔的喜歡著一個總讓你傷心的人，原本的你特別單純，卻為了得到他的關注，讓自己變得複雜。

　　剛我們聊到這段關係裡，你擁有的「體驗」，你第一時間想到的體驗，都是負面體驗，代表這段關係給你的不是能量，而是消耗。

你心裡可能出了些狀況，才會被傷害了卻遲遲不肯走，至於你心裡有什麼狀況？你必須去體驗這一趟戀愛，從中體會出更多的你自己，這會是你成長的機會，也可能是你治癒自己的契機。

我　我現在該怎麼做呢？

少年　允許一切的發生。
　　　在你努力之後，要學會順其自然；
　　　盡力以後，只求無愧於自己，並隨遇而安。

如果你在感情裡被傷害了，
他放棄了你，選擇了別人，

那你要記住，其實你是很幸運的，
因為你只是失去了一個「不愛你的人」，
而他，卻失去了一個「很愛他的人」。

你和一個不愛你的人分開，
這更像是命運在為你避邪，
恭喜你，運氣真好。

# 09

# 朋友和伴侶，
# 哪個更重要？

**我** 我感覺不到他對我的愛。

**少年** 為什麼？

**我** 他對待我，跟對待朋友、親戚，是一樣的程度。

**少年** 什麼原因讓你這麼覺得？

**我** 如果他要在「我」跟「他的朋友」之間二擇一，他常常會選擇朋友。我拼命為他付出，也無法提升我在他心中的順位。

**少年** 發生什麼事件而讓你有這樣的感受？

**我** 我們難得在外面約會，如果朋友臨時找他，他會急著結束約會，去赴約朋友。有一次，我們出國旅遊，他突然發現他忘了後天是某親戚的生日，而選擇提早結束我規劃已久的旅行，回國幫親戚慶生。他還會跟同事在凌晨十二點講電話聊天，聊一個小時，這明明該是屬於我們倆的睡前時光……！

少年　**他想要顧全「每一種人際關係」，**
　　　**他把每一個人都擺在比自己更重要的位置，並且「人人等重」。**
　　　**這是他處理人際關係的慣性。**

　我　他連生病發燒了，也要赴約朋友的飯局，有一次他同樣是發燒
　　　了，也不顧身體，陪我去旅行⋯⋯。這是什麼情況？

少年　他不想讓身邊任何一個人失望，但他時間管理能力欠佳，並
　　　且，「管理人際關係的能力」是他的弱項。

　　　他沒有認清自己的「人際關係優先順序」，而造成所有人在搶
　　　他時間、一片混亂的狀態，最終可憐的還是他自己，他會感覺
　　　所有人都在逼他。

　　　一個人若無法良好的管理人際關係、無法覺察自己的狀態，
　　　那麼，就不可能帶給伴侶幸福。

　我　對，你說的對，不知道出自於什麼原因，他對人際關係有嚴重
　　　焦慮，每當有親朋好友找他，他就急忙滿足每個人的需要，而
　　　我就必須壓抑我的需要，因為我看他已經沒心力了。

　　　我當然可以爭、可以鬧，他眼看我這邊失衡，就會來顧我。但
　　　那不是我要的，我要我即使平平靜靜，也能得到他的關注啊！

少年　每個人都有一套自己心中的人際關係優先順序，這是看待人際關係的價值觀，你要找到跟你的人際關係優先順序差不多的人，作為伴侶。

如果沒有把人際關係的優先順序釐清，就會造成別人對他有錯誤的期待，自己也會分不清楚該對他人有怎樣的期待。

我舉個例子讓你明白，最平衡的人際關係如下：
第一層：自己，伴侶。
第二層：與你關係親密的血親、友人。
第三層：重要的客戶、老闆、同事、人脈、需維繫關係的人。
第四層：關係普通的朋友、親戚。

我　呵呵，他絕對會質疑，為什麼伴侶要放在第一層？

少年　伴侶是最靠近你的存在，甚至可以是你的代言人，在你無行為能力時，他代理你對外發言，別人也會認為你們是一體。

不管你再如何抗拒，伴侶甚至能影響你的人生觀、干涉你的自我認同，那是一種「**生活在一起而造成的潛移默化**」。

這樣的存在，你無法不把他跟自己擺在一起，當做第一順位，因為若不把伴侶優先照顧好，你會受到最大的影響。

我　那把父母、親戚、朋友，擺到跟伴侶同一層級，會怎樣？

少年　世界大亂。

我　怎麼說？

少年　你想，如果爸爸分配遺產，你哥哥說身為長子的我可以代為決定，爸爸的畢生摯友說應該由我決定，爸爸的小三說我陪他十年的情分比你們更有權利發言。委屈一輩子的媽媽怎麼辦呢？每個人都在同一階層，因此爭論不休，永無定論，永無公平。

我　哦，所以第一優先順序，能代言你的應該只有你的伴侶。

少年　是的。套用在任何事，都是同一套邏輯，想要兼顧所有人際關係的唯一辦法，就是劃分清楚優先順序。朋友有朋友該有的對待、伴侶有伴侶應得的待遇、父母與子女有合理的界線，不讓自己跟原生家庭的界線消失。倘若界線混亂，想討好所有人，最後就是誰也討不好。

我　那第二層與第三層之間呢？

少年　第二層是依照「親密程度」而來，能帶給你情感支持，你不能失去的人際關係。第三層是工作夥伴、人脈，因為人仰賴工作而得以存活，關乎你建立自我價值。

人在年輕時，常將第二層和第三層對調，把工作排在優先，犧牲朋友、家人，當時可能也尚未遇見伴侶，因此甚至把第三層挪到第一層，嚴重者，會犧牲自己。

但年紀漸長，有足夠的財富而不再焦慮、事業穩定，體會過人情冷暖而深知留下來的人有多可貴，經歷失去才學會珍惜，因此「你足夠成熟」，才有了這樣的人際關係排序。

我會說，把自己與互相信任的伴侶放在第一順位，朋友親戚清楚的被擺在第二順位，不讓他們侵犯伴侶權益，若需要犧牲伴侶而成全第二、第三層的人事物，則需和伴侶做討論。

能做到這樣，才是社會化與成熟的特徵。

我 我認同你說的，我嘗試把這個「人際關係階級論」套用在各種人際關係問題上，似乎都行得通，你聽聽看，

如果我要換工作（第三層），需要跟老婆討論（第一層）。
若朋友想來家裡借住（第二層），須經伴侶的同意（第一層）。

如果父母不同意我的婚姻，可能是我從小把父母放在錯誤的順位，而讓父母有錯誤的期待，誤以為自己可以干涉我的人生。

若用第一層的期待標準，去要求我的家人朋友，要他們把我放在第一順位，那麼我就是自找失望、製造麻煩。因為他們也有自己的第一順位要顧。

少年 是的。
**如果一個人的「人際關係出問題」，許多時候，都不是別人的問題，而是「你自己界線混亂」的問題。**

我 面對一個人際關係界線混亂的伴侶，我該怎麼辦呢？

少年　你若留下，就閉嘴；你若想爭，就離開。
　　　你若留下，就別想改變他，別再抱怨，只能接受他，
　　　尊重他與你不同，接受他與你不同。

　　　**你從來不該妄想能教育一個思維與你有落差的人，**
　　　**因為懂的人，你能毫不費力的溝通，**
　　　**不懂的人，死命講也講不通，**
　　　**所以成年人的人際關係裡，我們只做選擇，不做教育。**

　我　也對，我憑什麼想教育他呢？
　　　正如你對我的說教，也無法打破我的執迷不悟……

少年　是的。
　　　我的說教，從來無法讓你清醒，
　　　我最大的用處，是陪著你，看你跌倒、痛苦，再站起來，
　　　**最終能點醒你的，將是你親身經歷的磨難。**

對的人，
你和他相處總能獲得能量，
他是一個會鼓勵你、讚美你，
會給你支持的人。

錯的人，
會錯亂了你的愛情觀，
你總在懷疑「我哪裡有問題？」
卻怎麼想也想不透。

# 10

# 我為什麼離不開你？

**少年** 回顧完你們相處的這些年，你有什麼想法？

**我** 我明白我要的幸福，他給不起。但，我還是離不開他。

**少年** 你覺得是出於什麼原因，而離不開他？

**我** 可能我為這段關係已經付出太多，相處越久越不容易放下，我花了好多年苦心經營，已經把全部的自己都投入了……

**少年** 如果你已經接受「你要的幸福，他給不起」，那麼，那些你已經花出去的時間、投入的心力，就是你的「沉沒成本」——**已經投入，無法收回，且不會有更多回報的成本。**

這時候你能做的只有停損、離開。而你拖延越久才止損，你的損失會擴大越多，比如浪費更多青春、消耗更多心力。

更可惜的是，你在這段關係待得越久，你可能錯失更好的機會、錯過與真正適合你的人相遇。

我　瞭解……

　　但因為我們已經愛恨難分，有了羈絆……

　　在時間的累積下，不斷加乘羈絆的厚度……

　　我們有了平安夜的燭光晚餐、情人節的花束……

　　冬至夜裡的湯圓、聖誕節的交換禮物……

少年　還有跨年的煙火、元旦的日出……

　　　農曆新年的紅包、除夕夜的圍爐……

我　我們還在清明節祭奠他雙亡的父母……

　　母親節有墳前的康乃馨，和父親節對墓碑酹酒掃墓……

　　鬼月的祭祀、中元節牽手逛超市……

　　中秋烤肉，親友我負責招呼……

少年　是的，當所有朋友們都認為你們是一對，

　　　但只有你們知道這有多矛盾———

　　　**「他離不開你，卻也沒有真正想要你。」**

　　　**「你離不開他，卻又無法從他身上獲得幸福與滿足。」**

　　　這樣的你們，到底算什麼？

我　我想過，我離不開他的理由，可能是每天早晨，他總比我早
　　起，當我醒來後，床邊已擺好他幫我倒的一杯熱水。

也可能是每天他下班回家，總會為我帶不同的吃食，每一項都是我愛吃的，每天都帶不一樣的食物討我開心。他記得我的喜好。

離不開他的理由，也可能是那年，我們倆同時得了新冠肺炎，一起病倒，他卻撐著他也病弱的身體，冒著風險出門為我買藥。

或是那一次，他在我高燒暈倒時，把我扛到急診室，當我昏迷時，恍惚聽見他跟醫生訴說他對我的擔心，當我從昏迷中甦醒，第一眼看見的，是他。

離不開他的理由，可能是在我睡覺踢棉被時，他會為我蓋被。或是因為他會幫我準備保健食品，也為我的三餐操心。

離不開他的理由，也可能是那些瑣碎的節日，一點一滴的累積，那些花、蠟燭、晚餐、湯圓、紅包、掃墓、煙火，堆砌而成。

但是，這些物質上的一百件事情，卻比不上我們騰出完整的一個小時，我們深度聊天，聽彼此的心事、接住彼此的情緒。

即使他為我做了許多，我卻從未感到歸屬感，總是不安。

少年　你覺得，你離不開他，是因為愛嗎？

　我　我不確定。

少年　為什麼呢？

　我　我為什麼離不開他？我也不知道。
　　　但我很確定的是，我之所以可以忍受他對我情感需求的忽視，
　　　是因為他在生活裡，總對我無微不至的照顧。
　　　但是，一旦意見衝突，他會失蹤，我就得連續幾天見不到他。

　　　我樂觀想，那是他需要沉澱情緒的時間，我願意等他情緒平息
　　　後再另行討論，但我錯了，感情上的問題他一律忽視。他的冷
　　　暴力不是為了沉澱情緒，而是單純「對我的懲罰」

　　　他知道他的失聯，會造成我的恐懼與不安，
　　　於是，他為了脅迫我聽命於他，把離開當作威脅，

　　　──如果你想要我不理你的話，你可以繼續堅持己見。
　　　──你要是敢再提這件事，我們就暫時不要見面了。
　　　──我們只是朋友，你如果再逼我，我會跟你分開。

我妥協了。

我看見了他的黑暗，而我擁抱了他的黑暗。

我不是只要享受他對我的好，我也允許他帶刺、他我行我素。

我起初認為這是愛。

但當我試圖覺察我的感受時……我發現這是「恐懼」！

我害怕他離開，所以我包容，好讓他不要離開。

所以我開始想，這好像不是愛？

**我只是被情感操控了，被馴服了。**

少年　我很慶幸，你終於意識到了他對你進行的情感操控。

記不記得，他是如何先貶損你，再給你一些甜頭？

我　他操控我的套路，總是先貶低我———

「你這麼情緒化，難怪你的前任會跟你分手。」

再告訴我———「但你放心，只有我會包容你。」

他認為，這段關係出問題，就都是我的問題———

「因為我的緊迫盯人，造成他的壓力，他被逼到喘不過氣，所以我才會想跟別人聊天。我不能責怪他接受別人的曖昧，我應該要檢討我的咄咄逼人。」

少年　為了脫罪，他把責任轉移給你，而你因為正處於被貶低而不自信的狀態，你腦波弱，所以被他誤導，你以為這一切都是你的錯。

接著，他開始孤立你———「你現在常相處的那些朋友，基本上都是我的朋友，如果不是我，你覺得他們會跟你玩在一起嗎？」

他削弱你的自信、孤立你，讓你感到前所未有的無助、孤獨感。最後，你的潛意識漸漸覺得：**「雖然你讓我不滿意，但我也好不到哪裡去，我很差勁，我不值得更好的。」**

　我　嗯，我確實被他操控了，此刻我甚至都在自責「一定是我做錯了什麼，才導致他傷害我。一定是我有問題，才會被他的言語霸凌和操弄」。

少年　他看見你的弱點、你脆弱的部分，往你最痛處大力戳。

這像極了「養豬農夫的故事」，
農夫的兒子問農夫：「爸爸，豬圈裡頭的豬，最近群起反抗，認為生活環境太差，抗議我們沒善待牠們。豬群揚言離家出走。」

因此，兒子提議，把豬圈修復好，
讓牠們有舒適安心的家園，牠們就不會再鬧了。

農夫卻說兒子錯了，兒子太單純了。

幾天後，農夫開始散播農舍外有狼的消息，
頓時，豬群陷入恐懼，並開始感謝農夫給了牠們庇護的破豬舍。

我　農夫操控了豬的情緒！
　　利用了恐懼的情緒！

少年　是的。

我　**農夫不需支出一點成本，**
　　**破豬舍仍是破豬舍，但問題徹底解決了。**

　　**我的伴侶不需支出一點成本，**
　　**我對這段感情不滿意的地方仍然不滿意，但我妥協了，不鬧了。**

　　**我甚至越來越恐懼離開他的世界，**
　　**我的潛意識認為，離開後，我會更痛苦……**

少年　是的。你的弱點是什麼？農夫看得很清楚。

我　你罵我是豬？

少年　這只是一個故事。

我　等等……他傳了一則訊息來。

少年　？

我　他說，要和我「**暫時分手**」……

當一個人讓你無法理解，或他的存在像是為了傷害你，
你要知道，每個人都只是盡己所能的，在應對這個世界。

傷害你的人，有他們自己的課題，
你也只是盡己所能的，在面對自己的課題。

# 11

## 為什麼他明明在乎我，
## 卻仍一而再的傷害我？

我　他告訴我──「因為結婚的事，你讓我壓力很大。」
　　「我想我們先暫時分手，你需要冷靜一下」。

少年　暫時？所以在「暫時分手」的期間，你們雙方，可以各自去尋
　　找新的對象？

我　他說他會去接觸其他人。但他提醒我……
　　如果我有碰其他人，他會對我很失望，就不會想再碰我了。

少年　他這一步，你看得懂吧？

我　嗯，懂，是情感操控。

少年　是的，先把責任推給你，意思是「我會提分手，是你的錯，因
　　為你讓我壓力很大。分手是為了讓你冷靜，是為你好」

我　他總是用離開來威脅我……
　　他明知道，被拋棄是我的致命傷……

少年　更狡猾的是，他還留了「暫時」這條退路。

我　暫時分手，所以他可以名正言順的，先去遊歷他人，如果萬一
　　挑不到更好的，都還有路可以再回來找我……

少年　是的，所以，你想怎麼做？

我　我該怎麼做……？
　　他為什麼老是這樣對我……？

少年　研究他沒有意義，你問不出答案的。
　　因為一個「不夠認識自己的人」，
　　他給的答案，連他自己也不確定是不是真的。

　　他只知道他要錢、他要別人對他專一，同時允許他保有許多選
　　項。但他不曾探究自己行為背後真正的原因。

我　其實我知道，他心裡很辛苦，他父母前幾年重病住院，他日以
　　繼夜的照護，接著父母陸續過世，身為獨生子女的他一個人籌
　　辦喪禮，他壓力過大而離職，他撒錢式的使用父母遺產去出國
　　旅遊，他洩憤般的花錢買奢侈品，像在為自己做心理治療……

後來他虔誠的供奉了多達十八尊神明，每當他遇到挫折，就找神明祈福。我們吵架時，他不和我溝通，他的解決方法，就是冷落我，而他去找神明擲筊、找命理師算命、看風水、星座運勢。最後裝作沒事的回來我身邊。他寧可聽算命師說的話，也不聽聽我的需求。寧可拜訪上百間廟宇，也不走進我心裡瞧一眼。

**他對我無能為力，其實是他對自己的無能為力⋯⋯**
**他怎麼對待自己，就也怎麼對待著我⋯⋯**
**他離他自己的內心很遙遠，又怎麼會想靠近我的心呢？**

少年　你可以嘗試理解他，但這完全不重要，我必須再次強調。
　　　**在給不起答案的人身上找答案，毫無意義。**

　我　那什麼才是重要的⋯⋯？

少年　**你只要「弄明白自己的感受」。**
　　　搞清楚自己為什麼執著於他？為什麼愛？
　　　為何放任自己受傷？為何失望堆積如山，卻離不開？
　　　為何執著於「在一座沒有水的沙漠掘地取水」？
　　　為何在一個什麼都給不起的人身上，做不合理的期待？

　我　嗯⋯⋯我也好想弄明白為什麼⋯⋯

少年　你的命運，其實都是潛意識的引導，你的選擇、你不懂自己的部分，其實答案都寫在潛意識裡，一定有個理由在引領你，只是你還覺察不到。

　我　我覺察不到我，他也覺察不到他，我們像是隨著情緒與事件，無能為力的，在人生這條長河上，碰碰撞撞、飄飄蕩蕩。

少年　如果我們「缺乏自我覺察」，如果無法跟自己的情緒連結、若無法理解自己情緒為何而來？那麼，日常生活中，可能進入這些負面狀態：

　　1. 不知道自己要什麼，不確定自己的感受。
　　2. 在人際關係裡壓抑自己、配合他人；不表達，直到自己爆掉。
　　3. 跟著情緒劇烈波動，難以自控。
　　4. 指責他人，認為都是別人造成我的情緒。
　　5. 在外人面前形象良好，在「自己人」面前，態度極差。
　　6. 感情中遇到難以解決的問題，乾脆不溝通、冷暴力。
　　7. 把無法處理的情緒問題，選擇置之不理，盼望時間淡去一切。
　　8. 對生命藍圖沒有方向。
　　9. 陰陽怪氣，一邊對某人友善，卻又好像討厭他？分不清楚。

我　對，他就是這樣……九條都符合！

少年　我不是單指他，我是說「你」。你不也曾經如此嗎？

我　從前的我……確實很差勁。
　　但現在的我已經開始覺察自己，我開始練習接納自己的情緒，
　　並且釐清情緒背後根本的原因，我變好了，他會不會也可以？
　　等他成長了，他可以是我的「對的人」，對嗎？

少年　「他是不是對的人？」
　　**答案不在他身上，而在你身上。**

　　**「他不適合你」**，所以你想調整他，但他要不要改變，掌控權
　　在他手中，你只會因為無能為力而困在原地。

　　不如這麼想，是**「你不適合他」**，去釐清你是否願意改變？
　　你能給的是不是他要的？
　　如果你不喜歡現在的狀態，要不調整，要不離開。

　　請把主控權拿回自己手中。要不要分開，得是你說了算。

我　我不指望了……可能我這輩子就是來被他傷害的……

少年　　建議你先釐清你自己，

　　　　**你的命運，取決於你對事件的反應。**


　　　　遇到不好的人，很可能不是運氣不好，

　　　　而是你無意識的選擇了這樣的命，吸引這樣的命向你靠近。


　　　　必須釐清你是如何「無意識的寫下你的命運」，

　　　　命運的劇本，其實都寫在潛意識裡，早已命中註定，

　　　　唯有認識自己的潛意識，才能選擇改寫，或維持現狀，

　　　　進而找到改變命運的可能性。


　　　　你想，那年也同樣暴跳如雷的你，是如何變得可以給愛？

　　　　變得擅長表達感受、能接住別人的情緒？

　　　　變成現在溫柔的狀態？


　　　　那年，你剛創業，背著負債，一個人在陌生的城市租屋。

　　　　那年，你胡亂嘗試許多戀愛，傷害他人，也折磨自己。

　　　　那年，你也承受巨大壓力，一點小事都能令你崩潰。


　　　　接下來，我們從你的過去談起。

第
二
章

所謂命中註定，

其實，是由潛意識決定。

一旦弄明白自己的狀態，
就會明白為什麼自己總是發生相似的狀況，

物以類聚，相似的人互相吸引，
想改變現狀，必須先改變自己面對現狀的方法，
你給的反應不同了，所得到的結果，也就自然不同了。

# 12

# 你相不相信？
# 真的有辦法改變命運。

**少年** **你看事情的角度，將很大成分的「決定你的遭遇」。**
你心裡所想的事，通常會被你自己不自覺的去驗證、去實現。

喜歡賺錢的人，看什麼都是賺錢的機會，
樂於工作的人，生活中圍繞著發展事業的可能，
渴望戀愛的人，看誰都是可能發展的對象。

習慣爭論的人，通常經常碰上爭論，
習慣抱怨的人，遇上任何事都只看見自己不滿意的部分，
防衛心強的人，覺得別人說的話都是針對自己的攻擊。

我們是什麼，就會碰上什麼。
你心裡是什麼，眼裡就會看見什麼。

所以把自己弄明白了，明白潛意識是如何影響你的，你就能一定程度的，去影響你命運走向。雖然無法絕對性的控制，但絕對可以影響你的人生方向。

**命運 = 潛意識 + 主動選擇 + 運氣**

我們遇到的人生問題，自己都有一半的責任，人際關係是人與人共創而來，當然也有運氣特別不好的情況，但是———

所謂「命運」，不過就是，
「潛意識的引導、不可控的運氣、自己的主動選擇」，
這三者加乘後的結果。

請至少，讓自己能控制三項中的其中兩項吧！

如果你很容易受他人影響情緒，
你其實是很不自由的，

因為你的心情好壞，是由外界決定，
而不是由你自己決定，你是受制於人的。

所謂自由，是我能完整的掌控自己，
自由決定我要帶著何種情緒生活。

13

## 為何我「控制不了我的情緒」?

我　於是，我和少年一起回顧了我過去的狀態，
試圖找到關於命運的線索，**我未曾留意到的潛意識是什麼？**
**我一路上主動選擇了什麼？我遭遇了哪些「不可控的運氣」？**
那年，我曾是個脾氣暴躁、不理解自己，也不被世界理解的人。

少年　你的員工們抱怨你喜怒無常、脾氣暴躁，你怎麼看？

我　是那位吧？那位推延專案進度的同事，前三次我可以容忍，但
當他的失誤成為慣性，誰都忍無可忍。

少年　這是你今天的第幾次暴怒？這個月的第幾天生氣？

我　我哪有空計算這個？我要衝公司營業額、去談業務、跟一堆人
吃飯、還要搞公司自媒體的流量、要養員工，好不容易有獨處
的時間，就要立刻開始寫企劃，我連睡覺時間都不夠了，憑什
麼要被那些工作能力差的人拖垮？

少年　你今天已經暴怒兩次了。一個月裡，你有二十八到三十一天會
生氣，沒生氣的時間，都處於對任何事不耐煩的狀態。

**我**　背債的是我，我創業賭上的是全部身家。那些製造問題的員工，換工作就沒事了，但我永遠要留下來收拾善後。我能不生氣嗎？不是我的問題。

**少年**　環境確實有問題，但你每天讓自己站在懸崖邊，輕輕一推就崩潰。讓自己介於情緒暴走的臨界值，一點就燃。
這是你的選擇，對吧？

**我**　我別無選擇。一旦創業、成為管理者、追求成功、要更高的收入，就是要承擔相應的責任，承受高壓。
更何況我還背債，有銀行貸款、利息要還。

**少年**　對，這就是你的選擇。
你選擇創業，選擇高收入，選擇高壓生活。

並且———**你幾乎無法承擔你的選擇。**
**你對你的情緒，無能為力。**

你在 A 處承受超出你能力的巨大壓力，會使你在 B 處缺乏耐心，你在 C 處壓抑的情緒，則使你在 D 處情緒爆發、失控。

當你遇到一個你無法反抗的人，或遇到無能為力的事，他們給了你負面情緒，於是你就會對另一個比較安全的人發洩情緒。這是心理學家佛洛伊德說的「轉移作用」，

你沒意識到，對吧？

你將負面情緒發洩在比較安全的對象上，而不敢對受挫的來源表示不滿。但問題並未解決，只會重複發生。所以你必須意識到「情緒的來源」究竟是哪裡？並且處理它。

我　是他們造成的。如果人人好好工作，我哪來負面情緒？

少年　嗯，我認同喔。

我　是吧。就是他們的問題，我也不想每天生氣啊。

少年　我認同你的看法。

我　是吧。

少年　沒錯，如果他們不惹你，你就不會生氣了。
　　　但是，**你其實是很不自由的**，很可憐的。

我　什麼意思？不會吧？我的公司營收不錯，利潤漂亮，社會地位也不差。可憐？這跟我扯不上關係。

少年　我沒說錯。你確實很令人同情。
　　　因為即使你擁有高薪、擁有名譽和頭銜，但你一點也不自由。

我　什麼不自由？

少年　惹你生氣的員工，可能都比你自由多了。

我　你到底為什麼堅持要這麼說？

少年　你是最被動、最沒有選擇的，
　　　因為「**你的情緒掌控在員工手中**」。

　　　你的喜怒哀樂，是被別人決定，
　　　你的情緒被別人死死拿捏，他任意的冒犯，你就輕易的被煽動。

　　　惹你生氣的人，他比你更自由，因為他可以輕飄飄撒手離去，而你，卻原地憤怒，再遷怒給其他人，甚至造成惡劣的團體氛圍、傳染負面情緒。那位惹你的人，不只讓你生氣，還讓你被其他人討厭，讓你自食惡果！讚嘆，他真是高招。

你徹底任人擺佈、受制於人。這非常可憐呀……
被情緒牽著走，而難以自控的人，這正是最可憐的人啊……

我　我天生就是一個敏感的人，高敏感是一種天賦，我善用這項天賦在事業上，所以我才有今天的成就，你要我控制我的情緒，不就是在壓抑我嗎？

少年　不是壓抑你，而是希望你「活得更自由」。
**當你無法控制你的情緒，你就無法成為自己的主人。**

當然你可以說：「沒辦法，我不改，我就是一個敏感的人」
但如果有一天你學會：**「有需要時，我可以是一個敏感的人」**，
那麼你才能真正達到「情緒的自由」

**你得讓自己是「可自由掌控的狀態」，**
**而不是被你的先天狀態綁架。**

**情緒失控，是本能，**
**情緒穩定，是本事。**

如果你很容易受他人影響情緒，你其實是很不自由的，
因為你的心情好壞，是由外界決定，而不是由你自己決定，
你是受制於人的。

高敏感是一種魔法，能讓你比凡人更擅長體會世間萬物，
但若你從沒練習控制這項魔法，那終究會被魔法反噬。

你最好練習「遲鈍一點」，一定有人會擁抱你的敏感，
但你在那之前，必須先讓自己學會跟敏感的自己和平共處。

**不要被別人的情緒綁架，也不要被自己的情緒綁架。**
當你今天想要你是開心的，哪怕外頭槍林彈雨，你也笑得出來。
這個時候，你就真正自由了。

最好把自己的情緒整理好，
才出來和身邊的人相處。

就像，
出門前要刷牙、
衣服髒了要換、
頭髮油了該洗。

把壞情緒整理乾淨，不影響他人，
也是對人的「基本禮儀」，是吧？

# 14

## 我努力的壓抑情緒，
## 為何卻仍然爆炸失控？

我　我也想情緒穩定，我已經很努力的壓抑情緒……

少年　我知道你在壓抑。

我　我總是在壓抑，叫自己不要怒……
　　叫自己「不要因為五分鐘的不開心，影響一整天的好心情」
　　我一直壓抑，但我還是爆掉了，我真的很努力了……

少年　但你努力的方式錯了。
　　你搞錯了。壓抑情緒，並不是情緒穩定。

我　哪裡錯了？

少年　通常人們誤以為情緒穩定就是壓抑情緒，但不對。
　　不是完美的控制自己不要有感覺、讓自己對情緒毫不在意……
　　這些都不對，真正的情緒穩定，並不是壓制情緒。

因為未被表達的情緒，並不會消失，它們只是被塞在你心裡，
當你心裡的垃圾場，再也塞不下的時候，
那些負面情緒將會被迫以更醜陋的方式表達出來。
被壓抑的情緒，遲早會爆炸，只是爆炸對象改變、時間延後了。

真正的情緒穩定，是懂得如何和自己的情緒相處，
而不是隔絕它們、不是忽視自己的感受。
不是跟自己的內心對抗，而是接納自己。

情緒穩定不是壓抑或刻意保持理智，不是自認為抗壓性高，
情緒穩定是「理解情緒的存在」，並選擇用恰當方式表達情緒。

我　我不懂。我要表達我的生氣？所以我可以生氣？

少年　可以「表達情緒」，但「不要帶著情緒表達」。
　　　可以表達你的憤怒，但不要帶著憤怒表達。

你可以先整理好自己的情緒，讓自己明白：
「原來我因為某事而生氣了，所以我希望接下來怎麼做？」
理智的告訴他人，讓他們能更準確的關注你的情緒、你的需求。

真正的情緒穩定，是理解自己的情緒，並好好表達情緒。
也接納他人有表達自己情緒的權利。
表達內在的悲傷、恐懼、焦慮等，做到「裡外合一」。

必須做到「從內在，到外在，是協調的」，
從此，你就能用最舒服、真實、最佳狀態面對生活一切挑戰。
與你共處的人，也會感受到你性格的完整與自洽。

當你不再壓抑自己，同時，你也將不再壓抑他人的情緒。
你會開始理解他人的情緒、接納他人情緒。

比如你的伴侶讓你不開心，
你可以冷靜的表達你的情緒，讓他注意到你的情緒。
而他也學會表達自己的情緒，讓你能更準確的接納他的情緒。
**唯有當情緒雙向的流動起來，情緒才會真正穩定。**

我　嗯，這我很需要。因為我的另一半又在鬧事，我快瘋了。

少年　哦？你們不是分手了嗎？

我　新的啦，你還沒見過他。

少年　現在是十二月，你有算過你今年換了幾個對象嗎？

我　四……五個吧？沒特別算。

少年　今天這位是第十二個，每一個對象交往不超過一個月。

我　不適合就換啊，無緣。

少年　好的……
　　　接下來，我們來整理你那一團亂的愛情。

愛情的本質，並不存在客觀的對錯之分，
只有你主觀的對，與我主觀的錯。

爭對錯是不明智的行為，
因為我們無法認知到「雙方本質的差異」。

我們能做的，從來不是說服對方，
而是因為愛，選擇尊重雙方的不一樣，接納與理解。

然而，所有愛了卻沒有結果的感情，
不過是兩個人各自卡死在各自的課題罷了。

15

# 我換了很多對象，
# 卻不清楚我到底愛不愛？

少年　為什麼你一直換對象？

我　無緣。

少年　為什麼無緣？

我　我惹他生氣，他就不理我了。他不理我，我就想，算了，緣分
　　可能只讓我們到這。大不了換一個。

少年　**正確使用「無緣」一詞，是努力過後，雙方仍有共識要分開，
　　才做出的結論。不是面對問題卻毫無作為，以無緣作藉口。**

我　可能是我命不好、運氣不好，沒有遇到適合的人？

少年　運氣不好我同意，但「命好不好」，則是你自己造化。

我　什麼意思呢？

少年　**你的際遇如何？遇到怎樣的事件？**
　　　**有一半取決於機緣運勢，另一半，則是你對待事件的反應。**

我　我對事情的反應，很大程度影響了我的際遇？

少年　我舉個例子，公司想把 A 員工跟 B 員工同時升遷到同一職位，
　　　同樣是升遷，A 看見的是機會，看見更多薪資；B 看見更多責
　　　任、更多壓力。A 抓住了，B 主動放棄了。

　　　同樣的事件，兩人反應不同，結果就不同。
　　　他們兩人為何做出不同反應？
　　　A 為何接受升遷？ B 為何拒絕？
　　　其實是潛意識的引導。

　　　A 的內在可能是樂觀、野心的、焦慮或渴求，他看見希望；
　　　B 的內在可能是不自信、抗拒的、迴避的，他看見痛苦。

　　　不確定出於什麼原因，導致兩人的內在狀態有落差，
　　　但確定的是，每個人都因為自己的潛意識引導，而做出決策，
　　　**進而影響自己的命運。**

升遷或不升遷，沒人知道哪個是正確選擇，但可以確定的是
——**你的命運是由你的潛意識掌控。**

**所以，我們改變命運的方法，**
**就是覺察自己做每件事的深層理由，**
**分析自己的感受，才能截斷惡性循環，**
**做出讓自己「走往正向人生」的決定。**

我　　所以，到底該怎麼做？怎麼找到我心裡的深層理由？

少年　你可能要釐清一下，你說「無緣」是為什麼？

　　　因為無緣是讓你最輕鬆的答案。
　　　因為歸咎於無緣，你就不用努力。
　　　你不用去弄清楚「他不理你，你要怎麼解套？如何讓此事不再
　　　發生？此事有沒有值得我改進之處？我怎麼樣可以讓自己更
　　　好？我為什麼對感情不付出？為什麼我討厭我的伴侶有情緒？
　　　我為什麼對每個人好像都愛、又好像都不愛？」

　　　這些你都賴掉，都不用懂，
　　　你只要繼續維持原狀，讓「無緣」繼續發生。
　　　這樣最輕鬆。直到某天，某個冤大頭，他傻呼呼的被你冷暴力
　　　也對你不離不棄，你不解決問題，他也不在意。好，結婚。

然後你終究會在漫長婚姻的某一天，太晚才發現自己根本不知道自己要什麼？身邊躺了一個陪了你很久，你卻根本不愛，只是習慣了他，並虧欠著他。

於是你將在中年的某一天，認為自己該覺醒，開始向外追尋自我，推翻你過去做的一切決定，你不要婚姻，不要家庭，你推開所有包袱，只想離開，去探索你是誰。

你去探索了，那被你推開的那一切呢？
他們活該被拋棄，活該要承擔你缺乏自我覺察，和你不知道自己要什麼，而造成的災難。

不自我覺察，就是會在人生的一路上，不斷的辜負他人。
因為你從來無法做出「最符合自己心意」的決定。
這是你要的嗎？

我　這只是你對未來的推斷，不一定是事實。

少年　許多不明不白的走入愛情的人，都走了這套劇本。
　　　因為他們根本不清楚自己要什麼？

我　嗯？那該怎麼辦？

少年　回答我的問題，**你為什麼給不起承諾？**

我　不知道，每次被逼，我就很抗拒，我也還沒想清楚。

少年　因為你不知道自己愛不愛，你只是暫時找個人陪。

我　好像是這樣。

少年　**為什麼遇到矛盾你都冷處理？遇到一點點問題你就放棄？**

我　因為工作已經很累了，我心力交瘁。

少年　因為連你自己的情緒都難以承擔，你內心一片混亂，自己都搞不清楚自己，更沒有力氣承擔另一個人的情緒。

我　好像是這樣。

少年　**為什麼他們想跟你更進一步確認關係，你就抗拒？**

我　不知道，覺得每個人都想跟我索取什麼，好累。

少年　窮人給不起一毛錢，你在愛裡，是一個窮光蛋。

我　我沒有愛嗎？

少年　一點也沒有。

我　愛要從哪裡來？

少年　要先感覺到自己、理解自己、照顧好自己的情緒。
　　只有你先健全完整，你才有能力照顧一段感情，兼顧另一個人。

我　嗯……他現正在逼問我，喜不喜歡他？要不要跟他在一起？他
　　說如果我想要他離開，他不會再打擾我，他會徹底消失。他也
　　問我，是否遇到困難？可以告訴他，他會陪我一起面對。

少年　**你的感覺是什麼？**

我　嗯……不知道。

少年　**你看到他的訊息，你有什麼感受？**

我　感覺他人很好。

少年　那你呢？你自己是什麼感受呢？

我　　嗯⋯⋯我⋯⋯**我感覺不到自己⋯⋯**


⋯⋯


這一天，結束與少年的對話後，我不知為何的一直掉眼淚，關在家裡幾個星期，不知為什麼，對踏出家門感到恐懼⋯⋯

我把對象傳來的訊息已讀不回，不是不想回，是我不知道該怎麼回，我不明白什麼才是我真正的想法？我不清楚我想回覆什麼⋯⋯

我以為像從前一樣，冷靜一陣子，過幾天就沒事了⋯⋯
但我卻陷入了接連幾個月的憂鬱⋯⋯
對任何事都提不起勁，我不知道自己為什麼前進⋯⋯

此時，事業也陷入混亂⋯⋯
同事集體離職、合夥人偷盜公款⋯⋯
專案成效不佳，我熬夜趕工⋯⋯
後來，身體也燒壞了，反覆發燒，查不出病因⋯⋯
無能為力，只能把一切歸咎是運勢不好⋯⋯
我沒問題，我只是太倒霉了⋯⋯

在醫院病房我也持續線上工作，每晚睡前，我常想起少年說的：
**「命運都是潛意識的引導」**，到底是什麼意思呢？

我該如何「連結我的潛意識」？

如果我們花掉承受大量勞力才賺來的錢，
去進行奢侈的消費、旅行、吃大餐，
那麼很有可能，其實我們只是在為自己做心理治療而已。

循環著「勞動、疲累、犒賞」，
再勞動，再疲累，再犒賞，
花錢只是重複治癒我們因勞動而疲憊不堪的人生，
我們困在循環裡，無法自由。

以為消費升級就能脫離貧困的我們，可真的誤會大了，
因為真正貧困的是我們的內心。

# 16

# 人為什麼要賺錢？

我　陷入憂鬱的這一年，我花了驚人的額度購物、買衣服。最初是想，跟朋友碰面，不能丟臉吧？但我的衣櫃已經放不下了，半年前買的外套，吊牌還沒拆，球鞋多到鞋櫃放不下，地上全是散亂的新鞋。看見家裡一團混亂，少年又開始唸我了……

少年　**你看似一直擁有，其實你無力負擔。**

我　什麼意思？

少年　就像一隻很餓的動物，好不容易找到大量食物，卻不知道自己裝得下多少，拼命吃，於是把自己撐死了。

我　沒事，過幾天把房子退租，租大一點的房子吧。

少年　你什麼都想要，卻沒想過「自己有沒有能力擁有？」

我　我確實沒有想過。

少年　**所以你是資本主義的奴隸。**

我　資本主義的奴隸？又是什麼意思？

少年　你拼命賺錢，再拼命花錢，賺更多的錢，再花更多的錢。
　　　這樣高消費的循環，讓你更焦慮於賺更多的錢。高消費讓你體
　　　驗短暫的享樂，但生活中的多數時間，你痛苦著。

我　我也是被逼的。我受現實所迫，為了在這座大城市扎根。我沒
　　有富裕的家庭，新環境的一切很陌生，所以我必須更努力，我
　　要有朋友、愛情、事業，要有「能匹配高端生活的收入」、有
　　讓我增添自信的頭銜、名譽。如果不追逐成就，只活在底層、
　　卑微的羨慕別人，更痛苦。

少年　我理解你的焦慮，追逐金錢是社會共識，但它沒有上限，如果
　　　不曾弄明白自己這一輩子要賺多少，就會無止境的追逐。

我　你說這麼多，無非就是要我少買點東西，並且立刻動身整理衣
　　櫃。好好好，聽你的，我清空一個房間來放衣服總行了吧？

少年　你買了名牌大衣，所以騰出一個房間當衣櫃，每個月付大量的
　　　乾洗費。接著，名牌大衣不能淋雨，穿得昂貴搭公車也不合
　　　適，所以得買輛車來匹配，後來你會發現，太便宜的車子開去
　　　聚會不合適，得買更貴。

再後來，買了車就得買個車位。買了車位，也買房子，買了房子要配上符合自己風格的裝潢。貴的裝潢，配貴的傢俱、智能家電。物欲無上限，商人永遠能創造更奢侈的商品供人們追逐。

我　我靠自己能力實現消費升級，錯了嗎？

少年　**擁有過多，是錯的。**
　　　**不知道自己要什麼，所以什麼都要，更是大錯特錯。**

　　　**不賺錢也是錯的，**
　　　**會讓你錯過站在不同社會階層體驗世界的機會，**

　　　**金錢確實可以讓視野更開闊，**
　　　**但盲目賺錢，受資本主義擺佈，**
　　　**不清楚錢對自己的意義，更是無知的行為。**

我　什麼才是正確的？

少年　知道自己不要什麼，就是正確的。

我　要怎麼知道自己不要什麼？
　　又是該怎麼做，才能不當資本主義的奴隸？

少年　不當資本主義的奴隸，這很簡單，
　　　就是「讓錢幫你賺錢」，並期許自己有一天不必再主動賺錢。

　　　你沒有富爸爸可以靠，所以你必須先有一筆本金，這筆錢，就
　　　是你自己創造的「富爸爸」，透過投資讓它每年生出你足夠的
　　　生活費，如此，你的生活開支，不會花費到你的本金，本金不
　　　減少的情況下，你就能靠被動收入永久存活下去。

　我　你說了一大串，最終還是回歸到，人必須賺錢。
　　　但，人為何要賺錢？

少年　**我們工作賺錢，但我們要的並不是錢，我們想要的是自由。**自
　　　由例如：買東西不看價錢、辭掉討厭的工作、不管花費想去哪
　　　旅行就去哪。這份自由，是用錢換來的，所以錢很重要，你越
　　　早擁有金錢，就越早自由。

　我　要賺多少錢，才是自由？

少年　要理解金錢，得先釐清「你內在的不安」。金錢通常跟安全感
　　　相關，你應該想，多少金錢能滿足你「生存的基本門檻」？

　　　生存門檻以下的金額，你可以安心花費，而超出此門檻以上的
　　　財富，就是你該無條件存下來的本金，用於製造你的富爸爸。

你別以為你當老闆，你就不是勞工了。不管你的身分如何，只要你疲於賺錢，為錢發愁，你就依舊是資本主義的奴隸，唯有當你釐清自己需要多少，讓錢去賺錢，有自己製造的富爸爸可以靠時，你才真正自由。

但最關鍵的，是你要有多少生活開支才夠？

**我** 理解。想要快速財富自由，降低物欲最快的，因為什麼都不需要，所以最自由，但是，有些場合我真必須穿得貴一點。

**少年** **我並不是要你降低物欲、減少開支；而是建議你，必須「釐清自己真正需要的」。**如果高消費，是你真正需要的，你清楚你的潛意識如何主導你的外在行為，不讓它控制你，並且你能達到收支平衡、做長遠規劃，那麼，你維持高消費並沒有問題。

**我** **我的潛意識如何的控制我？**

**少年** 你因為自己不足，而需要職位、頭銜、名牌、包裝門面，這時候，你是不自由的。確實，良好形象有助於提升他人對你的信任，因此「適度的整理外在」必須做到；但真正的自由，是我認可我在做的事，而無需藉由「過度包裝」來博取他人認可。

**自由，就是我知道我不要什麼，**
**我不需要過多的金錢，因為我賺的錢已經夠我生活。**

我　你說得很好，我也想要做到你口中的境界：「沒有任何人、任何事，可以用金錢來影響我」，但我該如何開始？

少年　你要跟潛意識連結，方法就是經常「詢問自己」
　　　——「我現在的感受是什麼？我為什麼做這件事？」

　　　於是你發現你的潛意識對金錢有不安、焦慮，
　　　產生了你的瘋狂賺錢及放肆購物的行為。

　　　必須意識到那份「潛在焦慮」，再透過你的主動意識來做判斷。
　　　當你做的判斷能把你的心理因素也納入考量，如此，
　　　**你做的決定，才是你的決定，而不是潛意識控制你做的決定。**

　　　曾經告訴過你，我們的每一個舉動，都跟潛意識相關，
　　　潛意識決定了我們的命運。

　　　**掌控命運的唯一方法，就是自我覺察。**
　　　**——認清自己的情緒、分析自己的感受。**

　　　**於是，我們才能釐清自己的人生藍圖。**

所謂真正的自信，
是我用「客觀事實」來評價自己，
而非用他人的「主觀看法」定義自己。

蘋果是蘋果，這是「客觀事實」，
但蘋果好不好吃，是個人的「主觀認定」。

你做過什麼、有怎樣的能力、成績、優缺點，
是你要自己努力創造、定義的「客觀事實」，

別人覺得你好不好，則是他們的「主觀認定」，
任何主觀看法，都不影響你很優秀的客觀事實。

# 17

# 如何培養「真正的自信」？

**少年**　你為什麼需要奢侈品、頭銜、職位？

**我**　因為我覺得要有這些，我比較能跟大家平起平坐。

**少年**　撇開這些包裝，會讓你感覺你的位階較低，是嗎？

**我**　是的。這是為什麼呢？

**少年**　因為你自卑、不認可自己，你覺得你比不上別人。

**我**　對。所以我該怎麼治療我的自卑？你要給我一些讚美嗎？

**少年**　讚美沒用，如果你接受了別人的讚美，你就會在得到負面評價時，承受更大的挫敗。因為你的自信與否，仍然掌控在他人一言一行之中。

**我**　那該怎麼辦？

少年　唯一的做法，是能夠客觀的認可你對「你的共同體」的價值，
　　　這就是你的底氣。

我　「共同體」是什麼？

少年　**你扎根的圈子。**
　　　可大可小，可以是一個家庭、班級、公司部門、三個朋友之
　　　間、一對情侶、一場競賽、活動，或小到你跟貓咪之間。大可
　　　大到一間企業、一座城市、一條產業、一個國家、整體社會。
　　　看你為誰付出而定。

　　　比如，老公盛怒之下責怪老婆：「你是一個沒用的女人」，老婆
　　　若沒足夠的「自我認可」，就會陷入覺得「我很沒用」的深淵。

　　　但若她能客觀評估自己對於共同體的價值，就不會受到任何人
　　　批評的影響：「客觀來想，這個家因為我做了什麼，而得到改
　　　善？財務狀況變好了？桌子變整潔了？小孩作息變規律了？你
　　　否定我，但我的客觀價值並不會因為你的主觀否定而有任何減
　　　損。」

　　　不管你如何主觀的批評，客觀的事實不變，
　　　事實就是事實。**事實，是任何人的底氣。**

你的伴侶批評你「薪水很少，能力不足」，此時，你能否分析自己的貢獻？進而肯定自己正在做的事？此事是否帶給他人幫助？是否有客觀數據佐證你的價值？**這些客觀事實，是他人的言語暴力、情緒攻擊，也無法撼動的「事實」。**

我　明白了，找到自信的方法，就是為某個共同體付出，當我有了實際貢獻，別人的主觀評判，都不再影響客觀的「事實」。

少年　你公司被同事偷盜公款的那件事，就是由此而來。

我　怎麼說？

少年　他趁你憂鬱期間，情緒低落、自我價值混亂時，他趁虛而入，他批評你：「都是因為你不擅長管理財務，所以公司一團亂，因為你情緒不穩定，所以同事全部離你而去，都是你的問題，但是你不要擔心，所有人都走了，只有我會留下來幫助你，不要怕，我會幫助你。」

我　嗯，所以我就把銀行帳戶交給他管理了。我真是愚蠢。

少年　沒自信的人，往往容易被別人「情感操控」。
他們藉由貶低你，削弱你的自信，再對你進行情緒控制，
讓你順從對方，引導你往他們要的方向做。

我　如果當時，我可以肯定我的客觀價值，我就不會被他的情緒操控伎倆影響，不會因為他的批評而深陷自卑。

少年　透過他人讚美，而獲取的自信，往往很脆弱，
　　　別人一句批評，三兩謠言，就能把你擊潰。

我　真正的自信，來自於事實，是我的實績、具體作為、實際貢獻。

少年　那些無法否認、真實存在的事實，就是你抬頭挺胸的底氣。

我　**我若追求他人肯定，我的自我認可，將被他人掌控，**
　　**相對的，我要創造怎樣的事實，則掌握在我自己手中。**

少年　你獨資創立一間年營收幾千萬的廣告公司，這是事實。
　　　你當然不是最厲害的，但客觀來看，你是相對優秀的。
　　　你的自媒體在你的經營下，每月有五百萬人的瀏覽，這是事實。
　　　你有廣告企劃的能力，你做的企劃比較有收視率，這是事實。
　　　你幫助了至少一百間公司推廣他們的產品或品牌，這是事實。

　　　以上都是客觀事實。
　　　但，我覺得你棒，或很糟，卻是主觀認定，
　　　**我的想法，對於你的客觀價值，無法造成任何影響。**

未來，請你盡可能在生活中，創造關於你的客觀事實。
不要再藉由他人的主觀認定來定義自己。

人們工作賺錢，
但追求的其實並不是錢，
而是自由，

自由是辭掉討厭的工作、
買東西不計較價格、
想去哪旅行就去哪旅行、

拿自由換錢，
再花錢買下自由。

# 18

# 我努力工作，
# 卻不知道「我真正想要什麼？」

少年　你不能不喜歡自己的工作，因為你的人生扣掉睡眠以後，有一半會花在工作，如果你不喜歡，代表你一輩子裡，有一半的時光將會是痛苦的。

　我　「釐清自己想要什麼」真的不容易，我該怎麼開始？

少年　你有沒有發現，你的注意力一直在外面？

　我　什麼意思？

少年　你不該對每件事都有反應。
　　　一旦你把專注力都給了外面，你就沒力氣整理自己、感受自己的情緒，因此，你跟你的潛意識沒有連結。

　　　你在外人面前禮貌得體、對工作積極，對自己人卻冷處理。
　　　任何人一旦進到你最核心的圈子，你確定你擁有了，你就放爛。

就像你不整理你的房間，你不珍惜你買的物品，
你也不整理你的內心，走進你心裡的人，也被胡亂對待。
如此，你的財務狀況也不會好到哪去。
這是同一套邏輯，**因為人生說穿了，就是一連串的整理。**

我　好了，不要再唸我了，我知道我有多糟糕了。
　　你好吵。我要回公司開會了。

少年　你現在必須立刻停止工作，關掉手機。

我　為何？

少年　醫生要打麻醉了，腫瘤切除手術。

我　手術？

少年　你從未覺察你有病，身體的病、心裡的病，你都忽視。

我　當黑暗太龐大，我無力面對，不如就當作不存在吧。

少年　**所以每當我提到「整理」，你就迴避。**
　　……

我　好久沒有這麼放鬆了，我們睡著了嗎？

少年　麻醉很強。

我　有時候會想，可否就這樣睡著？永遠的睡著。

少年　睡到什麼時候？

我　睡到人生可以開始感受幸福的那一天，再叫醒我……

少年　感受幸福？

我　我這輩子沒有體驗過幸福。頂多只有「快樂」……
　　買昂貴的新衣服，可以快樂二十分鐘。
　　在朋友面前表現得比朋友厲害，可以快樂一小時。
　　公司年營業額超越去年的時候，快樂十二小時。
　　發現我喜歡的人也剛好喜歡我，快樂一天。
　　我一直追，好累。
　　只要停下腳步，快樂就消失不見。
　　在朋友面前，這次厲害，下次要更厲害。
　　業績今年創歷史新高，隔天就開始煩惱明年如何再次創高。
　　喜歡的感覺淡了，就追求下一個喜歡的人。
　　有時候還真不想追了，我總感覺我的人生不是我的。

少年 被支配的感覺對吧？
　　 被朋友的眼光、被金錢、被愛情、被消費、被資本主義支配。
　　 你像是「欲望的奴隸」。

我 欲望的奴隸？

少年 這一切看似是你的決定，
　　 但，其實你被各種欲望牽著走，你沒有自己。

我 真的嗎？你確定？但我認為我很「做自己」，
　 我買東西、結交朋友、創業、拼命賺錢，都是我自己選的啊。
　 而且我能做到比大多數人都厲害啊！我證明我很行。

少年 在人們眼中，你確實很厲害。但對我而言，這根本不重要，你
　　 一點也不厲害，你只是盲目的追求，並忽視自己的需求。

我 你又知道了？「想變厲害、想要優越感」就是我的需求。

少年 如果這真的是你的需求，你就不會每天暴躁、折磨別人也折磨
　　 自己，你不會覺得你不幸福，你不會控制不了你的情緒。
　　 你並不厲害，你只有欲望這項「本能」。

我　那我請問你，所以，「怎樣才是你認為的厲害？」

少年　「把日子活得明明白白」

沒有疑惑、沒有盲目。做的每個選擇，都符合自己心之所向。
因為想得透澈，所以，能平靜、智慧、從容不迫的活著。

我認為厲害的人，他們做的每個人生決策，不僅是以外界資訊
**做判斷，也同時能把自己的情感、情緒、心理因素，都納入判**
**斷。並取得平衡。**

他們習慣盡快的處理問題，因為他們明白，不處理的問題，永
遠不會消失，只是讓自己面對痛苦的時間延後了，並拉長了自
己的迷惘期。

我　好吧。這場手術醒來以後，我會開始面對。

手術後，我休了長假，讓生活簡單，專注在自己的感受……
當我開始分析自己感受，我漸漸明白狀況……
令我日夜追趕，迫切想得到，能緩解我心中焦慮的……
我最渴望得到的，是「**自由**」

不再受制於任何人、任何事、任何情緒。

面對曾經交好過，卻後來走散的人，
即使他虧待我，我也不會報復，

他傷害我，定義了他是惡劣之人；
我寬容他，因為我是比他更好的人。

當我被惡人逼到崩潰的時刻，
就是我「選擇要當怎樣的人」的機會。

# 19

## 誰才是我的真朋友？

**我** 年紀越大朋友越少，曾經熱絡的友誼漸漸就散了，
曾經學校或職場，讓我們有交集，但交集，真的不等於交心。

曾經交心過的人，也不代表會永遠。
人與人會因為時間或彼此的心理狀態變化、社會地位的改變，
而漸漸更靠近，或分道揚鑣，再也說不上一句話。

當我送走一段又一段友誼，一切成為過去，
在現在這個階段，我似乎越來越不懂友誼究竟是怎樣一回事？

怎樣的人能真正交心？
怎樣的人交心後會留下？
怎樣會走散？

**少年** 嗯，
**我們選擇跟怎樣的人做朋友，其實是在定義自己是怎樣的人。**
**承認怎樣的人是我們的朋友，其實是在對外表示自己的形象。**

153

我　是嗎？我倒覺得朋友就是朋友，快樂就好。
　　快樂就是快樂，朋友們開心，我就開心，大家相處和樂融融，
　　就這麼簡單，我沒有像你那麼心機，想那麼多。

少年　其實，你定義了「**你是一個可以帶給朋友快樂的人**」，
　　而且，**你喜歡可以帶給朋友快樂的你自己。**

　　還有，潛意識裡，**你喜歡自己是「能帶給朋友快樂的形象」。**
　　被喜歡、帶給他人快樂，這讓你的「**自我感受變好**」。

　　我所說的，是這個意思。

我　嗯，我不確定我的潛意識是否這樣認為，
　　但確實，你說的，可能有幾分道理。

少年　學校、職場，我們與誰往來、走在一起；社群，跟誰合照、追
　　蹤誰、與誰互相追蹤，關乎於我們的自我認知。

我　嗯，似乎……好像是？
　　我跟學校的風雲人物在一起，我覺得有優越感、很有面子；
　　或我跟學校的邊緣人在一起，我會有個念頭一閃而過———
　　別人怎麼看我？我怎麼定義自己？是否代表我也是邊緣人？

但如果我同時擁有「意氣風發的朋友」，

也同時和「被排擠的人」當朋友，

這又變成是我對弱者的兼容，

我對自己的形象與認知就因此改變了，

這讓我感覺「我很善良、友愛」，我喜歡待人友善的我自己。

我喜歡照顧弱者的我自己、喜歡包容他人的我自己，

也喜歡成為能讓團體更和諧的我自己！

少年　是的，

其實你選擇跟誰在一起，反映著你怎麼看待自己。

比如一個認為自己很優秀的人，通常會想跟優秀的人在一起。


「我們配不配得上彼此？」是人們潛意識不自覺會衡量的，

物以類聚，價值相等才能水平交流、走得長遠。


**我必須先強調，**

**其實，人們與生俱來良禽擇木而棲的慣性，**

**都讓我們變得很不自由！**


因為這使我們的人際關係變得條件式，變得限制。

──人群海海，卻全是過客，我優秀又孤獨，

因為，我只跟符合我條件的人做朋友。

**這種良禽擇木而棲，**

**到底是變優秀？還是畫地自限呢？**

我　你的觀察真的很有趣，

人們會選擇的朋友，

一定是讓你的自我感覺變得更良好的朋友，

也是你對自我形象的定義，

**人們真的比認知中，還要更加的在意自己的形象。**

少年　沒錯的。

舉個例子，當有人問你，聽說「你跟 A 是最好的朋友？」

如果你真心認可 A，你會願意讓 A 這位朋友變成你的標籤。

被貼上「你跟 A 是最好的朋友」的標籤。

若你並非真心認可，

你可能傾向含糊帶過：「對，他是我同事，怎麼了？」

你可能出於防備，或其他理由，而迴避別人貼「你跟 A 很好」

的標籤在你身上。但如果你會迴避，也可能代表你某種程度潛

意識中，不認可你跟 A 的關係。

**人際關係，是自我形象的展現。**

我　　我好像懂你在說什麼了。

　　　　我曾經自認為「我是一個自己會發光的人」，

　　　　所以，我會交的朋友，通常也是「在發光的朋友」。

　　　　曾經有一個朋友，我們深交後，我才發現他竟然黯淡無光，

　　　　他無所事事，一無所長，整天黏著我打遊戲，

　　　　我忙工作，他卻纏著我、說沒意義的家常廢話，

　　　　他沒有生活重心，把我當成重心，我看不上這樣的朋友。

　　　　我當時就選擇「安靜的消失不見」。

少年　嗯？他很傷心，對吧？

我　　我管他傷不傷心，

　　　　我當時壓力好大，工作又忙，哪管得著他……

少年　聽起來，對你而言，他失去了魅力。

　　　　並且，你不想讓這樣的人，成為你的標籤，你不想承認他，

　　　　你也不想讓自己成為「像他那樣的人」。

我　　對耶……我現在才發現，

　　　　我就是不喜歡他毫無朝氣、渾渾噩噩的生活方式，

　　　　我對他反感，也怕自己變成他那樣，變成沒有自我的廢人。

少年　所以你丟下他、撒手不管。你覺得這樣，好嗎？

我　不然我要怎樣？當然丟下他啊……
　　我不必為了不重要的人耗費心力。

少年　對，他當然不重要，
　　你也當然可以冷暴力、撒手不管。
　　但同時，你要知道，
　　**你如何處理人際關係，也同時是在定義**
　　**———「你是怎樣的人？」**
　　**———「你認為自己是怎樣的人？」**

　　在此個案上，你是怎樣的人？
　　你是一個冷暴力的人，
　　是一個待人涼薄的人，
　　是一個突然陰陽怪氣的消失無蹤、讓人搞不懂的人，
　　是一個情緒讓人捉摸不定、讓人困惑的人，
　　你定義了自己，是一個「會丟下曾經的朋友的冷漠之人」

我　……嗯……我……嗯……
　　嗯嗯，這些話好刺耳、聽了好討厭，
　　我討厭自己是這個形象……

但客觀來說，我不得不承認，當時的我，做了這些冷暴力，
我定義了我自己，是一個「沒有好好溝通、傷害他的人」。

少年　你其實希望自己是一個被愛的人、圓融的人、帶給他人好處的
　　　**人，但你的行為卻在為自己貼上負面標籤呢。**

　　　這就是我的建議──
　　　**你還是必須跟一個你認為不重要的人好聚好散，**
　　　**這不是為了他，而是為了「你如何定義你是怎樣的人？」**

　我　好。
　　　**他重不重要，已經不重要了，重要的是我自己怎麼看待自己。**

少年　是的，很開心你有答案了。

　我　你老實告訴我，這樣的我，會不會很勢利、很糟糕啊⋯⋯？
　　　就因為他渾渾噩噩，我就看不上他、疏離他⋯⋯

少年　「人往高處爬，水往低處流」這句話有它的道理，

　　　說的不一定是攀附權貴、趨炎附勢，
　　　而是**我們都喜歡跟「能帶給我們更多」的人交往。**

人們會自然靠近能帶給自己好處的人，
物質上的好處很好理解，但我說的是「感受上的好處」，

即使有個人很優秀，卻讓你感到壓力，你就不會靠近他，
若有個人很失敗，卻讓你感受到被尊敬，你更可能靠近他。

你不是比較勢利，因為人人都喜歡靠近能帶給自己好處的人，
你跟其他人的差別，只是你比較誠實而已。

**我**　謝謝你安慰。
　　但我仍然意識到我很壞心，我看高不看低。

**少年**　老實說，用優越感挑選朋友、選擇性交友、用社會階級、財富
階級來挑選朋友、或為了彰顯自己的好，而習慣跟比我弱的人
當朋友。以上等等，任何條件式的交友，都是缺乏智慧的。

**真正段位高的交友，**
**是「我不框限我只能跟怎樣的人做朋友」**

優秀的人當然很好、能帶來利益的人當然很好，
但那些乍看之下被認為不優秀的人，我能否也看見他們的好？
不被他人認可的人，我是不是可以不帶偏見的去相處？
我能否「不被我的偏見限制」？

我　我明白了。讓各式各樣的人，帶我看見我所不知的觀點，他們使我眼界更豐富。

少年　對的。
　　　**如果你只能跟同一種人相處，**
　　　**那麼你是很不自由的、缺少選擇權的。**

　　　**有包容力的人，最自由，**
　　　**因為什麼樣的人他都有辦法共處。**

我　是。
　　我不因為自我的形象認知，而框限自己的交友範疇，
　　不再自己限制了交朋友的可能性，我才能真正的自由。

少年　**越能兼容世間萬物與自己不同，就越自由，**
　　　**於是，你能選擇的就越多！**

我　說了這麼多，到底怎樣的友誼，才是真友誼？
　　能經歷時間淬鍊，真正的走很久、留下來？

少年　兩個人能持續的「讓雙方喜歡跟對方相處時的自己」，

**交朋友，就像照鏡子一樣，**
**我們都在藉由身邊的人，來逐漸認識自己，**

**如果我們照這面鏡子，照出來的，都是我們好的一面，**
**我們就沒有理由結束這段友誼。**

反而會自然的更想靠近，
主動的想透過相處而互相砥礪、切磋，讓彼此都變得更好，

甚至，即使命運曲折，我們被迫分開，
也終究能心繫彼此，不怕遠距離，
真正的摯友，即使失去交集，但心在一起，距離就不是問題。

溝通的目的，並不一定是取得共識，
而是為了讓彼此「互相理解」。


尊重彼此可以有所不同，
才是真正的愛。

# 20

# 沒有共識的兩個人，
# 怎麼在一起？

我　你總是期許我「活得更自由」，
　　意思是，你希望我更「做自己」嗎？無拘無束的做自己？

少年　並不是。你有沒有發現，我所提倡的，都離不開「包容」？
　　　心越是開放、越能接納與自己不同的，就能讓自己越自由。

　我　是嗎？但我覺得那些我行我素、目中無人、批判性很強烈、討
　　　厭什麼就大放厥詞的人，他們好像很自由。

少年　他們只在他們的同溫層裡自由，這樣的自由太狹隘了，他們看
　　　不見與他們意見不同的人的觀點，這跟我說的自由，不一樣。

　　　有些人對星座反感、厭惡MBTI和心理學、反心靈雞湯、對不
　　　同的宗教排斥、對政治立場相異者強烈批判，不允許別人與他
　　　們的觀點不同、喜好不同，否則就鄙視、攻擊。

　　　這很可惜，他們貌似自由自在，
　　　但其實，他們心裡只有一種觀點、只有一種聲音。

我　嗯，我的經驗裡，這樣的朋友甚至無法溝通……
　　會因為我的立場與他不同，就攻擊我、跟我疏遠……

　　他們帶著強烈的價值觀，要別人都跟他一樣……
　　絲毫無法對話，也無法取得共識……

少年　**溝通的目的並不一定是取得共識，**
　　**而是為了讓彼此「互相理解」。**

　　許多時候人們的溝通都不是為了理解彼此，
　　而是為了說服，想「逼對方照我的意思」，

　　當「想講**贏**」的態度成了先決條件，
　　於是不管對方如何表達，你都只剩下反駁，
　　為了反駁而反駁，
　　為了**贏**而溝通，

　　帶著強烈的立場與情緒，
　　聽不見任何與自己不同的聲音。

　　這時候，兩個人已經不必再對話了，
　　因為本質上，「對話已經不存在」。

166

我　嗯，必須變成一言堂，只聽他的，才能讓他的情緒靜下來……

少年　他只是有他的情緒課題要面對，
　　　你不可能跟一個缺乏自我覺察的人談同理心，

　　　因為他連自己都感受不到自己了，
　　　又怎可能感受他人、尊重他人呢？

　　　乍看是在溝通、要你表達意見，
　　　但其實他不想聽；
　　　他只想要你趕快講完、好讓他反駁你個徹底。

　　　他要的只有：「聽我的，其他都不必談」

　　　為了說服而溝通，溝通就不再有意義了，
　　　最後只會由另一方全然的妥協、
　　　為了換來寧靜，而不得不壓抑了自己，

我　真的，當關係中聆聽和理解不存在，
　　跟你相處的人，只會越來越孤單。

　　你身邊將不再有與你傾囊相授之人，
　　因為你的面子和輸贏，比尊重他人更重要。

少年　對話，是為了理解彼此的相異性，
　　　而不是讓兩個人變成一樣的人，

　　　溝通，不是説服、不是強行統一！
　　　溝通，是互相理解的過程。

　　　尊重身邊的人可以與自己不同，
　　　才是真正的愛。

　我　我喜歡你說的。
　　　這讓我覺得，「做自己」早已經是個過時的觀念了，
　　　「追逐自由、互相尊重」才是我們要信奉的。

少年　帶刺做自己的人看起來最自由，但其實也最不自由。
　　　因為他只能從少數不怕他刺、能與他相容的人之中做選擇。

　　　你若只允許按照自己的規則，那你是很不自由的，
　　　如果你能容納別人的意見、容納別人與你不同的人生觀，
　　　於是，你的內心是多元的、你的觀點是豐富的，
　　　這樣的心態，你才是真正自由。

　　　因為你不被自己既定的想法限制，
　　　也就不會排斥他人，而作繭自縛。

我　能夠海納百川的人最自由，因為不排斥生命讓我們遇到的人事物，際遇就因此而豐富、心中的觀點多元。

少年　不是要你百分之百的接納任何人，而是四處看看、都聽聽看，**不要讓你頑固的、強烈的價值觀，困住了你自己。**

我　說來說去，所謂的命，好像就是「念頭」。
　　當我的想法改變了，際遇就改變了……！

轉念是人類最強大的力量，
當念頭改變了，事情就改變了。

你過往的傷痕，是好是壞？不過一念之差，
當你不在乎了，任誰也無法影響你。

你看待事件的角度，
賦予了事件存在的意義。

你如何解讀你的過去，
決定了你會擁有怎樣的現在。

# 21

# 活這一趟，
# 必須追尋這五個目標。

我　我找到了人生上半場的目標，是追逐這五項自由———

【情緒的自由】
我可以選擇敏感，也可以選擇遲鈍，
我把敏感當成我的工具，而不是被敏感的天性制約。
我理解情緒背後的理由，於是我學會「自己決定自己的情緒」。

【人際關係的自由】
我不預設「我是怎樣的人，所以只能跟怎樣的人做朋友」，
因為我有足夠的彈性，並允許他人與我不同。

【事業的自由】
我的事業必須令我樂在其中、帶給我足夠我過日子的收入，
並且，我不因為照顧事業，而犧牲事業以外的任何區塊。

【財富的自由】
我釐清自己的基本開銷，學會延遲享受，不過度消費，
並提高我的財經智商，累積足夠的本金，讓錢去幫我賺錢。

【自我認可】
我用客觀的事實來評判自己，而非用他人的主觀看法定義自己。
我掌控了我的情緒、事業、財富、人際關係，於是我更有自信。

少年　恭喜你，請繼續保持，盡可能隨時與你的情緒連結。

我　但我仍然不清楚什麼才是我喜歡的工作。

少年　你賺錢是為了讓你活得更自由，有餘裕做喜歡的事，雖然喜歡的事還沒找到，但至少先讓自己此生有能力「選擇自由」，這件事是確定的。其他不確定的事，邊走邊看。

持續的整理自己吧。
一邊整理，一邊嘗試，也許有一天會試到，又也許，即使最後，找不到那項天職，你也至少獲得了一趟完整且豐盛的人生體驗。

我　少年說的沒錯，我的人生過去是失控的，
現在我能全然的掌控：擁有後，整理，留下自己有能力負擔的。
那些令我無能為力的，就不是我當下的緣分。

人的一生說穿了就是一連串的「整理」
「擁有，整理，接著捨棄」，只留下少量且必要的。

你想知道自己人生的方向？
第一步就是整理房間。

接著整理情緒、整理人際關係、
整理自己的需求、整理自己的感受。
整理財務、整理身體健康，
只有整理，能釐清「心裡真正渴望」。

人生就是一連串的整理———
「擁有，整理，捨棄，並留下少量且必要的」。

# 22

# 他是不是「對的人」？

少年 所以那個不給你承諾，好像愛你，又好像不愛你，好像要你，
又好像不要你的那個人，是不是你的「對的人」？
看看你自己過去怎麼對待伴侶、你怎麼對待你自己，
現在，你有答案了吧？

我 和他相處像在照鏡子，從他身上看見了許多我自己，也許因為
我們太像了，所以我能包容他。他像過去的我，討人厭，且對
情緒毫無覺察的我。**他缺乏自我覺察，正如過去的我一樣。**

少年 是的。

我 **因為他照顧不好自己，所以也沒有餘力照顧好這段關係。**

少年 是的。

我 **他沒意識到自己的情緒，所以也接不住我的情緒。**

少年 是的。

**我** 他無法給我情感支持，因為他連自己的情緒都冷處理了。

少年 是的，他沒有跟自己的感受連結。

**我** 他都已經忽視了自己的情緒，就更不可能在意我的情緒。

少年 是的，他怎麼對自己，就會怎麼對你。
正如過去的你給不了別人一點愛，因為你身上沒有愛啊。

我 他認為忽視問題，問題就不存在，但其實只是讓共同承擔的人更辛苦。他以為壓抑情緒就沒事了，但其實問題一直都在。

少年 是的，情緒會從其他地方用更醜陋的方式呈現。

我 他也是資本主義的奴隸。他賺錢、花錢，賺更多錢，花更多錢，每天都和金錢在賽跑，用勞力換取金錢。

少年 是的，世上多數人都是如此，且未曾意識，或無力改變。

我 他也是欲望的奴隸，看到別人擁有，自己也要擁有，絲毫不顧及自己「有沒有能力持有」。他的衣櫃爆滿、臥室變成儲藏室、花父母的遺產買名車、把薪水花光去旅遊、他也只顧滿足

食欲，顧不上身體健康。他對外人禮貌端莊，對自己人易怒失
禮。

少年　是的，那些「沒有消化的情緒、不曾釐清的自己」，通常會以
其他形式報復在生活上。暴食、購物、對世界憤憤不平。
他受潛意識擺佈，無法完整掌控自己的人生。

我　可是……可是……為什麼……我還是那麼喜歡他……

少年　嗯，這又是另一堂課了。

我　他到底是不是我的對的人？

少年　你覺得呢？

我　我在他身上找不到答案，因為他自己也沒有答案。

少年　是的，他很迷惘。

我　所以他只能舒舒服服的跟我相處，卻給不起承諾。

少年　是的。

我　我真的很痛苦，拜託你直接了當的告訴我……

少年　好的，
　　　**任何讓你「感到疑惑」的感情，其實都是錯的。**
　　　**不一定是他錯，也並非指責你錯，**
　　　**而是錯在「雙方認知不在一個層級」。**

　　　合適的對象，不會讓你總覺得好像愛，又好像不愛，
　　　有沒有喜歡你？好像有，又好像沒有
　　　想不想在一起？想，也不想。
　　　他好像喜歡跟你在一起，又好像不喜歡，
　　　問也問不出答案，總是你在追問，他在迴避。

　　　好像對你很好，又好像常常忽視你的感受，
　　　好像很在乎你，又好像不太在乎你。
　　　他心情好了，於是對你熱情，給你希望，
　　　遇到矛盾，就冷漠以待，放你獨自內耗。

　　　他輸出的愛從來不穩定，有時候有，有時候沒有。
　　　於是你覺得不安，你想好好溝通，
　　　他卻告訴你：「安全感是你自己的事」

但關係是雙向的。

「若不是你忽冷忽熱，我又怎會歇斯底里？」

**其實，合適的對象，不會讓你總覺得「你是錯的」**

對的人，不會讓你一直猜、一直替他找理由。


你要等的，是一段堂堂正正的戀愛，

雙方有赤誠的心意、堅定的愛意。

而不是他的省話、你的盲猜……


你的不安，很有可能不是你的問題，

問題出自於他的不愛表達、捉摸不定、若即若離。


希望你把你的心意，留給與你誠意相當、能力相當的對象，

有實力與你雙向奔赴的人，絕對得先是一個照顧好自己的人。


路好不好走，取決於你的選擇，

當你選擇跟一個不真誠的人消耗，路自然崎嶇，

若你果斷選擇單身，也許路更清晰。


**你不必疲於弄清楚他的想法，**

**他搞不清楚他要什麼，是他自己該搞清楚的，**

**而你唯一要搞清楚的，**

**是你自己要不要選擇一趟「與他瞎耗的人生」**

不必覺得自己辛苦、自己命不好，
其實你的痛苦，只是源自於「你的選擇」。

我能說的就這些了，至於要如何決定，是你的功課。

我　嗯，我想答案很清楚了……

少年　嗯，
**不論堅持下去，或放棄，都是好事，**
**因為每條路，你都會有收穫，都是你生命的體驗。**
**只要誠實的，跟著當下的心意，放心去積攢回憶吧。**

我　我想好了。

少年　你的決定是？

我　再陪他走一段吧。

少年　也好，讓他再陪你上一課吧。

相同磁場會互相吸引，
想遇見優秀的對象，
那麼，先成為優秀的對象。

# 23

# 命運都是潛意識的引導。

我　有天起床，我發現少年趁我不注意，在筆記本上寫了些話：
「命運都是潛意識的引導」

如果你遇到一個很差勁的人，
你要明白，兩個人會相聚，是因為「當下的磁場契合」，

不只是他很差勁，更是你的磁場與他相當，
當你有所成長，磁場改變了以後，你們自然不再互相吸引。

所以，不需要責怪對方，因為這是你的選擇。
更多時候，對方是鏡子，投射出你此刻的狀態呀。

你會無法自拔的向他靠近，你認為是命運，
但其實，這也正是你潛意識的引導，

那些令你無法抗拒的、明知有危險也仍義無反顧的……
好好體會你的潛意識想告訴你什麼吧。

……

我想，我需要更久的時間，才能體悟少年這段話真正的意思。

第
三
章

把日子過明白，
一切自有安排。

我們不是要找一個「一輩子不會吵架的對象」，
而是要找到一個「吵了架也還願意走一輩子的對象」。

因為沒有完美無瑕的對象，
只有因為愛而互相妥協的對象。

# 24

## 你要的他都給不起，
## 為什麼你還留在他身邊？

**我** 我們分手了幾個月，後來又重新在一起，

這一次，他說他想清楚了，他願意和我結婚。

但是，我不知道為什麼，這次……我卻猶豫了……

是我拼了命想得到他的承諾和愛，

為什麼到手後，我卻猶豫了？

**少年** 因為你在意的，不只有「結婚這項目的」，你更在意他為了什
麼跟你結婚、為了什麼留在你身邊，你要的不只是這個人，還
有這個人的愛，你更想得到這個人的理解與呵護，你要的不只
是他的承諾，你要的是「他的全部」。

**我** 又被你一語道破……是的，我貪婪……

我不只是要他留在我身邊，我還要他的專注度，要他的尊重、
理解、包容，你怎麼看破我的？

**少年** 你的情況很好理解。我說個故事，不是針對你，你聽聽。

通常，當你經濟能力差，且對金錢有強烈不安，對自己的生存能力沒有信心，你就會本能的想挑選比自己經濟能力好的對象，可能出於互補心態、依賴、尋求安全感，每個人理由不同。

重要的是對方的財力，能讓你心安。
你會本能的靠近「能補足你不足之處」的對象。這是人的常態。

有些人選擇婚姻時，把錢和愛等重，於是嫁給了金錢，把婚姻當職場經營，伴侶當老闆服侍，把孩子當籌碼，把婚姻當下半輩子的財富保障。**不過是拿「自由」去交換「金錢的安全感」。**

你可以說你真心愛你伴侶，但你愛他的原因，很大一部分是因為他有錢。當然，錢也是擇偶市場的競爭力之一，我也不會說你圖他錢是錯，我反而能認同你，因為經營婚姻必須要有錢，且這是你的**生存策略**，我支持你。但同樣並存的事實是：
「這樣的愛，不純粹。」

我　怎樣才是你所謂不圖錢，純粹的愛？
　　如果我窮，他也窮，總可以了吧？

少年　你窮的時候，你就算不圖錢，找純愛，你也經營不來這份愛。
　　因為**貧窮會消磨愛**，生活的困頓，你倆的庸庸碌碌，會讓你們

被迫耗掉熱情，最終失去愛情。愛情終歸柴米油鹽，終究會走到平凡小日子、成為繁瑣日常。

任何愛都需要適度的金錢作為保護傘，活著就是一件需要錢的事。尤其大城市，每天醒來，你躺的床、你踩的地、上的廁所，都是租金。你喝的水、吃的飯、穿的、玩的、看的，都是錢。

唯有當你經濟獨立的時候，你才可能擁有純粹的愛情。

當你經濟獨立時，你就有選擇權，你可以選擇找個與你財力相當的對象，你們互相不貪圖對方的財富，因為不匱乏，所以不需要從對方身上得到金錢，**你們想索取的，都很單純——只要愛。**

我　我也想要單純的愛啊……但都是他的問題，他因為物質而選擇我，我還能怎麼辦？他物欲很強，一直向我索取……

少年　**你是否用物質來吸引他呢？**

我　是。但如果不給物質他會生氣、會不理我。

少年　他生氣是一回事，重點是你仍然選擇給了，對吧？
　　　你選擇給予他物質、滿足他物欲當下，
　　　你就做了「允許他因為物質而選擇你」的決定。

**我們所遭遇的事，所謂命運，**
**許多時候，都出自於「我們用什麼態度面對世界」，**
**給出去的東西不同，造成我們得到的反應不同。**

　我　我能怎辦？我喜歡上的人，他就是需要我滿足他的物欲。

少年　這也沒什麼大不了的，
　　　你如果選了圖你錢的對象，你必須接受對方愛你之外，同時也
　　　圖你的錢。你可以這麼想，金錢就只是你的優點之一，就像你
　　　長得高，或長得好看，你聰明，你體貼等等，都只是其中一種
　　　優點。

　我　理解了，
　　　他可能因為你長相好看喜歡你，當然也能因為你有錢而嫁給你。
　　　他愛你這個人，也同時愛你的錢。不衝突。

少年　是的。那麼，我再換一個角度給你參考，
　　　同樣，是社會觀察，我不是針對你———

有些人會看不上那些「把金錢視為擇偶條件」的人，
他們覺得這些人市儈，「為什麼靠近我的人都圖我的錢？」

殊不知，正是因為你給不起除了錢以外的其他價值，
所以你只能吸引到圖你錢的對象。
現在的你，優點只有錢，當然只配得上圖你錢的人。

說真的，你沒理由嫌。
因為圖你錢的人，其實更好打發，因為他在金錢上處於弱勢，
離開你就沒法獨立生活，所以他無處去，只能委曲求全，
他沒有自己的財產，所以即使受辱也沒有離開你的底氣。

圖你錢的人最容易馴服。
因為他們籌碼較少，沒有退路，所以沒底氣做自己。

他們放棄了自己最珍貴的「自由、自我意識、自尊」，
換來餘生的財富無虞。

這是條件式的愛，你能接受嗎？
如果你要的是「純粹的愛」，你得先想想，你配得上嗎？

純粹的愛，最難。
你沒有足夠的情商、自我覺察，那麼，你就得不到。

不是我苛薄，因為事實是

**「不圖你錢的人，其實什麼都要。」**

財富獨立的人，其實最難取悅，因為他們什麼都要。
他們不圖你錢，因為他們要的是「愛」。

**愛就是「全部」。**

全部，就是包括：
你的專注度、關愛、理解、情緒價值、深度對話、
要你把他放在第一順位、要你的理解、儀式感、
要文化、要涵養、要你自我覺察、情緒穩定、
要求你的智慧、氣度、格局。

你若沒有足夠的能耐，就撐不起他的愛、他的索求。
你若只給得起錢，卻沒有提升其他項目，配不上他，就別嫌他
難搞。你若只給得起錢，就別嫌靠近你的人，都圖你的錢。

我　嗯，我有個疑問，
　　那些不圖錢，只圖「愛」的人，他們憑什麼「什麼都要」？

少年　因為他沒有「需要金錢」這項弱點把持對方手中，
　　他沒有任何需要向對方妥協的理由，

所以他自由、他自愛，他有底氣等待，
等一個能給得起「他要的幸福」的人出現，
他有底氣堅持追尋他最理想的幸福。


這樣，你明白我的意思嗎？

我　嗯，我知道你在暗示我什麼了。
　　我經濟獨立，我不圖他錢，
　　但我貪心，除了錢以外，我什麼都要。


少年　你試圖找到能為你這樣付出的對象，
　　　同時，你也要成為「能為對方付出對方想要的樣子」的對象。
　　　如此，愛的平衡點，就達成了。


我　但是在我現在這段感情裡，
　　我什麼都要，但我不曾從他身上得到滿足。


少年　你感覺得到他很愛你，但你感覺他從未理解過你的靈魂。


我　對，我渴望的，是深度的對話、靈魂的交換⋯⋯
　　我以為我為他的付出、給他他需要的，有一天能換來我要的愛。
　　我以為終有一天，他也可以用我需要被愛的方式來愛我⋯⋯

少年　所以你要回頭想想，

你用什麼作為你的餌，你就會吸引來怎樣的對象。

還有，更令人困惑的問題是

「你要的他都給不起，為什麼你還留在他身邊？」

願意主動解決問題的兩個人，
　就永遠也不會走散。

願意擁抱彼此情緒的兩個人，
　就永遠也不會錯過。

# 25

# 你能否接受一個很愛你，
# 但不理解你的伴侶？

少年　你能不能接受一個「很愛你，但不理解你的伴侶」？

我　「相愛但不理解」，這是常態，對吧？我父母就是這樣。

父親和母親相愛了四十年，但其實很多部分是互相不理解的。

比如母親無法接受父親吵架時不溝通，只會開車出門，把問題丟著，冷處理，再裝沒事的回來。父親也覺得母親每件事都要追根究柢很累人，母親的敏感對父親來說是壓力。母親有很多想法是父親認為不必要的，父親也有很多行為是母親認為不正確的。

但他們卻可以在每一次吵架後，因為愛，又回到彼此身邊，接納彼此依然又是那個頑固的死樣子。他們都無法為彼此改變。其實任何關係不都是這樣嗎？

你知道你好朋友們的所有缺點，卻還是沒有離開。你跟你父母一定也有不相容的部分，父母無法為你改變，你更不可能為他

們改變，但最終都會找到一個相安無事的平衡點。允許對方可以與你不同，是不是才是一種愛呢？

世代不同、成長背景有差異，
讓我們很多時候無法理解彼此，只能盡力尊重彼此。
**這份「尊重對方有權利不依照我的期待」，就是愛的體現。**

也許生命的最終，我們才會發現，其實無法找到一個事事都能取得共識的完美伴侶。只能找到因為愛，而願意多一點理解，願意包容雙方相異性的伴侶。

少年　他付出的愛，是他認為的 100 分，但你只感受到了 20 分，不代表他付出的 100 分不存在，他已經付出了他的最大值，只是，他付出的愛的形式，跟你想接收到的愛的形式，不一樣。

相對的，就像你付出了你的 100 分，他收到時，也可能只感受到了 20 分。每個人付出愛的方式，跟對方想接收愛的方式不一樣。

有的人付出愛的方式是送禮物、金錢、物質等。但有的人渴望的愛的形式，是陪伴、深度對話、靈魂的交流。如果想要靈魂交流的人，一直收到禮物，即使收了幾百萬元的禮物，也無法滿足他心中匱乏、不被滿足的空虛。

確實，你可以選擇妥協在一個無法令你滿意的對象身邊，
但你也可以選擇慢慢等一個能真正令你感到幸福的對象出現。
沒有對錯。選了就接受，不要選了又不認命。

**我**　是的，我父母就是這樣，互相包容、妥協，才讓愛情能一直走
下去。他們現在相安無事，老夫老妻，平靜恬淡。

但，這一刻，我想清楚了。
──我不要了。

這一切，我都不要了。

我以為我可以接受，我以為我應該接受……
可是，現在，我不要了。

值得你磨合的對象，
一定是在吵架後，
等情緒過去，總會告訴你
「我們好好聊聊吧！」

而不是迴避，
不是輕易判定不適合，
不是輕而易舉的丟下你，

那個不堅定的對象，
分開，是命運在眷顧你啊。

# 26

# 為什麼我們離不開彼此？

我 約定好到戶政事務所登記結婚的日子就快到了。

他不想要婚禮，不想要鋪張，不要熱鬧，只要婚後我名下的房子能轉移成我們共同持有。他希望簡單的簽字結婚，就是簽約。並簡單的，送一些喜餅向朋友們宣誓即可。

他總是很認分的把基本該做的都做到，做到所有表面上該做的事。對，表面上。在朋友眼裡，他是一個完美伴侶。

但事實上，他無法滿足我需要的情感支持、
沒有情緒上的理解，沒有深度的溝通，
跟他在一起，我心靈上總覺得「吃不飽也餓不死」。

朋友們說我貪心———你的伴侶是個這麼好的人，他體面、友善、他熱心助人、關心朋友、每天帶好吃的回家給你、你生病時他照顧你、他經濟獨立、他待人處世恰到好處……他人緣好，大家都喜歡他。

但你們不知道啊……
在我們倆的世界裡，他是製造內耗的人啊……

跟一個溝通不了的伴侶過日子，日子會只剩孤獨，因為每當我提出問題想溝通，他就覺得是我有問題。他從不覺得感情的問題是兩個人共同的責任。

朋友們無法體會我真正的處境，他們全以為我的伴侶是一個很好的人，因為他們不曾經歷我所承受的冷暴力，他們無法感同身受我積壓心中的痛苦，每當我試圖表達我遭受的冷漠，朋友們卻覺得我不知足、小題大作。於是，我有苦說不出。

因為他在外人面前，維持一貫的體面，呈現理性的形象，卻在家裡把我逼成了瘋子。他經營著理智人設，我則是情緒化人設。

少年　為什麼你要呈現情緒化的人設？

我　不能怪我。每當發生矛盾，他選擇冷戰、逃避責任，這樣的相處模式，耗盡我的耐心，原本的熱情開朗，被他消耗到只剩下失望和負面情緒。外人不曾體會過程，只看見結果，結果就是，我的情緒化、強勢，欺負了那個理智、得體、形象良好的伴侶。

少年　我很開心你想清楚了。

我　登記結婚的前一晚，我問了他，為什麼想跟我結婚？

這是我最後一次的嘗試，多年來，已經嘗試多次，這是我最後一搏，如果他願意敞開心胸與我談談，也許我會繼續妥協下去。

我嘗試和他促膝長談，想和他有心靈的交流、直達靈魂深處的談話，可惜，他再一次的迴避了。他轉移了話題，

「我們的新家你等結婚簽字後你再買，我才能共同持有。」

「這一支你看漲還是看跌？有沒有要進場？」

「我想收藏的那支限量手錶，你不是說過要幫我牽線？」

我不能抱怨他物欲滿身，
因為當初的我，正是提供了他這些服務，才開啟了這段緣分。

**如果我當初，我是以靈魂的交流，作為優先過濾條件，**
**那麼，我們根本不會相遇，**

不過是當年，我糊塗了，做了錯的決定。

少年　**是什麼誘導你做了錯的決定？**

我　我有一種猜想⋯⋯很有可能⋯⋯是因為與他的互動模式，和我在原生家庭中，看見的**「愛的模式」**太相似了。

父母的相愛模式，給了我此生初見愛的印象，
父母愛我的模式，則是我此生初次體會愛的印象，

然而，我原生家庭父母間所呈現的愛，是幾乎不做心靈交流的，
他們一輩子都在迴避直擊靈魂深處的對話。
他們用猜的，用委屈和包容，用體諒，用時間淡化傷痕，
遇到矛盾，不講；情緒問題，避談。

但有趣的是，他們卻成功了，
他們用這一套，走了一輩子，成為相伴一生的良伴。

他們一輩子都沒有向彼此敞開心胸談清楚自己要什麼，
也不曾和孩子談心，他們不擅長言語，比較擅長行動。

**談話「只談事實」，不談「感受」。**

這不是我能接收到愛的最佳方式，但我卻練習理解這樣的愛，
正因為我太擅長也太習慣父母那樣的愛的模式，
所以當我遇到一個跟我父母付出愛的模式一模一樣的傢伙時，
我明明不快樂，我卻不自覺，跟著潛意識，一頭栽進去了。

**這就是原生家庭的劇本，帶來的枷鎖，劇本藏在我的潛意識
裡，並且偷偷的操縱著我的決定、決定我的命運。**

**如果我不去理解我的潛意識，**
**我根本無法認清「這一切竟是我不要的」。**

少年　你想不想跟「像你父母那樣的人」在一起一輩子呢？

　我　我……不想。絕對不想。
　　　沒有討論的空間，百分之百的不想。
　　　我愛我的父母，但我不想找一個和我父母相似的對象在一起，
　　　那樣的愛，是我透過練習而習慣的模式，卻不是我嚮往的模式。

少年　你很清楚了。
　　　**那麼，為什麼這些年，你很痛苦，卻離不開他？**

　我　我想……
　　　我離不開他，我不可能丟下他，正如我無法丟下我的父母，
　　　我離不開他，只是因為我不自覺投射我的父母在他身上，

　　　正如我離不開我的父母，我不可能因為父母對我付出愛的方
　　　式，與我的理想有落差，就不要我的父母，因此，我就也離不
　　　開他。

　　　我離不開他，也可能是「我想翻盤」，
　　　這段感情和我曾經不愉快的原生家庭親密關係經歷太相似，

我潛意識想，如果再經歷一次，如果我推翻了，
我讓他終於能用我能接收愛的方式愛我，那麼，我就會幸福，

少年　你想打破父母曾經對待你的方式，在另一段感情中，靠自己的
　　　努力，最終改變一切。這某種程度，可以彌補你曾經的遺憾，
　　　你以為這樣可以得到救贖。

　我　對。但這些都只是我的執念而已……

　　　我被原生家庭帶來的習慣，或著說「枷鎖」束縛太深了……
　　　所以我承受著我痛恨的一切，我以為愛就得妥協這些。

　　　我從小習慣妥協這些。
　　　妥協待在不溝通、冷處理、只談事情、不談感受的親密關係裡。

　　　但我是一個需要把心中一切，攤出來交心的人啊……
　　　這是我在愛情裡，最迫切的渴望，我最親密的伴侶，必須接住
　　　我的情緒、感受我的感受、靈魂碰觸靈魂……

少年　我明白，
　　　你最嚮往的愛，是暢談交心、是情感交流、

是「靈魂認識靈魂」，
很替你開心，你離你的心越來越靠近了。

我　所以，我不要再被潛意識綁架了，我要做出選擇。

少年　一旦能「意識到潛意識」，
我們才能真正自由的為自己做選擇。

**意識到潛意識，是自由的第一步。**
**當你清楚潛意識如何控制著我們，你才知道你做的選擇，究竟**
**是你真正想要的？還是潛意識的操控？**

我　**愛是本能的吸引，但幸福，卻是理智的選擇……**

少年　是啊……
愛情是「身體本能的吸引」，但幸福是「腦袋理智的選擇」。

我　所以，
我本能的，難以抗拒的，向他靠近，離不開，
那是愛，真的是愛。

但不是幸福，
幸福跟愛，不一定同時存在……

我想等的那個人，

**是既有本能的互相吸引，也同時具備幸福的條件……**

為了幸福，我會等。

**等能夠將「愛跟幸福」同時實現的那個人。**

那才是真的「對的人」。

你只是選錯了一個人，
但你對幸福的嚮往並沒有錯。

# 27

## 你想要餘生如何度過？
## 是困在令你感到困惑的情感關係裡？
## 或離開他，人生重新來過？

我　我提議和他聊聊，我說對不起，我不確定要不要結婚……
　　「我覺得我和你的心，距離很遠，我感覺不到你。
　　經過這幾年的嘗試後，我的結論是，我一點也不幸福……

　　不是你的問題。
　　只是你付出愛的方式，跟我想獲得愛的方式不一樣。
　　我知道你很愛我，你也很努力用你的方式面對這段感情，
　　但，這不是我要的，我真的不幸福……
　　我想，我們之間有許多問題需要溝通、必須處理……
　　你願意聽聽看我的想法嗎？」

　　不等我娓娓道來，他著急回了一句：
　　「你要這樣想，那是你的事，我也沒辦法。」
　　他連對話也不願意。
　　和往常一樣，躲進房間，關上房門，要我自己冷靜想想。

我不追了，也不想再問，
這一刻，我終於接受了一切，接受他不會改變，
也接受了他不是我想要相伴一生的對象啊……

深夜，他熟睡著，我悄悄整理著這多年來的包袱。只收拾了些個人日常用品，總共兩箱行李。桌上我們的合照，和這幾年間共有的物品，我都沒帶走。只想簡簡單單、乾乾淨淨。

清晨四點，看著床上的他，正熟睡。這幾年都是如此，當我痛苦糾結，他卻總能睡得如此安穩，他放我一個人獨自內耗，任何問題都是我的問題。我突然很慶幸，鬆了一口氣，只要我離開了，就沒有問題了。數年來，我苦無答案的困境，一瞬間都沒有了。

**當他選擇不與我一起解決問題，**
**而我獨自一人也解決不了問題時，**
**那麼唯一能解決問題的方法，**
**就是解決那個製造問題的人。**

是他製造困境，讓我孤軍奮戰，只要沒有他，問題就解決了。

少年　你終於清醒了。

一個不願意溝通、不願意理解你的人，給不起你要幸福啊……

談戀愛並不只是「吃飯、約會、看電影」，
**兩個人在一起，最重要的是「解決問題的能力」**

因為兩個相異的個體，要合而為一，過程一定是不舒服的。會有幾百次意見不同、幾十次互相不理解，和好幾次想分開、想放棄的念頭。

如果你只有吃飯、約會，這種「一起玩的能力」，根本不夠應付感情一路上的各種難關，於是你的戀愛只會開始於顏值，並結束在交流生活、磨合人生觀的時候。

感情幸福的背後，更多的是在經營、在溝通、在協作，不斷的主動坦白自己，也接住彼此的情緒。如果不能持續的解決問題，而是冷處理、放任問題腐爛在心裡，那麼每一道難題會積累在心中，直到某一天，再也承受不了，就走不下去了。

如果我們暫時沒有能力解決當下的問題，至少表現出願意花點心力尋找答案的心態，而不是輕易的放爛。我們能力還不夠面對這一題，但至少有共同努力的心意。

到了一個年紀，你遇見過許多人，也曾經分分合合，放棄過幾個不適合的人，那你有沒有問過自己「什麼才是對的人？」其實，**願意主動解決問題的兩個人，就永遠都不會走散，那就是對的人。**

沒有天生契合的真愛，
只有願意**雙向磨合**，始終不放棄的兩個人，
你「單向的」渴望積極解決問題，這並沒有意義。

我　謝謝你，這一次，我是真的清醒了。

少年　不會再回頭了？

我　還是有點捨不得，畢竟相處了好多年，畢竟他是我本能會想靠近的對象，身體本能的吸引騙不了人……

少年　我明白的，我都懂。你很愛他，但你跟他在一起不幸福。
他也很愛你，但他跟你在一起時，因為你不幸福，所以他也無法真正感受到幸福，只是不斷責怪你是製造問題的人……

其實你們倆都沒問題，問題是想要的愛不一樣而已……
所以，別再回頭了，當你捨不得的時候，就想想，他丟下過你好幾次、他向你提過暫時分手、他把你逼瘋、對你情緒勒索，再把你塑造成朋友眼裡歇斯底里的人……

我　我離不開一個傷害我的人，因為即使他傷害我，這也已經成了我所習慣的舒適圈，我習慣了他的自私，才一而再的原諒。

少年　丟下你的人，不值得原諒。

我　但我也選擇了丟下他，我是不是和他一樣……很糟糕？

少年　這很公平，因為你的失望已經攢得夠多了。
　　　更何況，他對你的愛，只是「**權衡利弊**」，
　　　有些人只在你狀態好的時候愛你，
　　　當你狀態不好，遇到困難，他就逃避，丟下你，
　　　當關係遇到問題，比起解決問題，他更傾向於「解決掉你」。
　　　這並不是愛，這只是一種自私自利的權衡利弊。

我　權衡利弊？

少年　是的，他只會在他時間充裕的時候才愛你，在你情緒穩定、狀態良好的時候才愛你，他只要你的優點，不要你的缺點。

　　　不要跟自我中心的人談戀愛。因為你順他的心，他才對你好，一件小事不順他的意，他就擺出性格給你臉色看。他不曾考慮你的感受，遇到挫折，他第一個念頭都是推開你，放棄你，想的都是「離開你，我會更好」

明明願意主動解決問題的兩個人，就永遠不會走散，
明明願意擁抱彼此情緒的兩個人，就永遠都不會錯過。
但當其中一方不願意接納情緒、不願意解決問題，就不可能走
得下去。

冷漠自私的人從不解決問題，只想解決掉你，這是他們認為成
本最低的處理方式。不要奢望他理解你的難過，他無法發現他
自己的錯誤。

你說他愛過你嗎？他也確實為你付出過，卻也同時狠狠丟下你，
其實他愛不愛你根本不重要，因為你只是他權衡利弊的結果。

好處多一點，就對你好一點，
稍微不舒服了，就隨隨便便離開你，

有些人在一起，就是單純的消耗人生，他吸光你的血，榨乾你
的愛，然後輕飄飄的離開，放你獨自熬過長時間的療傷。
**這種人，請你一輩子也不要回頭，不值得原諒。**

我　同樣的，我放棄了他，我也成了他眼中的壞人，
　　我也希望，他一輩子不要原諒我，不要回頭找我了。

少年　你們扯平了。

我　誰也不欠誰。

少年　恭喜你，
　　　**離開以後，今天的你，重生了。**

把自己好好安放，

好好過日子，一切自有安排。

# 28

# 如何讓命運
# 帶我去更好的地方？

少年　跟自己的情緒沒有連結的人，就無法準確表達自己的需求，
　　　說白了，他們根本不知道自己要什麼。

　　　他們陰晴不定，要人猜，
　　　但其實，正因為連自己也猜不透自己要什麼，
　　　所以別人也不可能知道。

　　　簡言之，他們難以取悅，對萬事萬物批判、不滿；
　　　但其實，他們不滿意的，是他們「難以面對的自己」。

　　　他們會有莫名的情緒，卻說不出原因，
　　　或因為小事而易怒、不耐煩、失望、遷怒，
　　　他把在他無法抵抗的壞事上產生的不滿，
　　　發洩在無法抵抗他的人身上。

　　　**那些跟自己的情緒沒有連結的人，**
　　　**就會不自覺的，生來折磨別人。**

相反的，跟自己情緒保持連結的人，
他們清楚自己當下為何有此情緒，
他們由內而外的圓融自洽，
清楚自己的方向正是心之所向，
做的每個決定都符合自己的真實感受。

也正因為他們學會了愛惜自己，
也才懂得用真正的愛惜，去疼愛身邊的人，
不任憑情緒侵蝕身邊的人。

和他們相處，總覺得渾然天成的舒服，他們的生活清晰明白。
他們的世界可以是自己的，與他人無關。
我們要靠近這樣的人，也成為這樣的人。

我們這一生最關鍵的任務就是搞懂自己，
參透了自己，就是參透了世界、參透了方向，
沒有令人迷惘的模糊地帶。

與情緒保持連結的人、接納自己情緒的人、
允許自己有情緒流動的人、能安放自己情緒的人，
他們擁抱著一股寧靜、安定的循環，
建立一個良好的磁場，也散播這份安定的能量。

他們自然而然的，

藉由這份安定的磁場，

吸引來同樣磁場安定的人、事、物。

你不知道吧？

**世上的每分每秒，**

**與自己相似磁場的萬事萬物，都正在互相吸引。**

所以，改變命運，就是先改變自己的磁場。

心態順了，命運就順，

把自己的情緒好好安放，接著，一切自有安排。

去愛一個能和你一起「把日子慢慢變好」的對象，
而不是磕磕碰碰，擾亂你生活的人。

# 29

# 人為什麼要結婚？

我　你覺得人為什麼要結婚？

少年　我不知道人類為何要結婚，但我知道「我為何想結婚」。

我　也行。所以，你為何想結婚？

少年　我認為愛情，是長達一生的對話與融合，我如果愛他，選擇與他共度餘生，那麼，我身上會沾染他的影子，他也會被我潛移默化，愛情就是一趟交互影響的過程。

我　嗯，但人也可以一直做自己，不管對方吧？

少年　不可能，**沒人能一直「只是自己」。**

　　人與人本身就會交互影響，舉例來說，
　　你成長的環境、你的家人，影響你如何看待自己，
　　你獲得的知識和選擇的朋友，影響著你的價值觀，

　　你經歷的感情、受過的傷、體驗過的幸福，則影響你的愛情觀，
　　你如何解讀你的過去，成就了你的人生觀。

對我而言，婚姻是為期一輩子的互相融合，彼此影響，
若我選擇與一個人結婚，代表我認可他的一切———
**「他的優點我賞識，他的缺點我理解，他的情緒我接得住。」**

他的性格特質、人生觀、他作為個體的表現，我必須都賞識，
並且，我同意讓他深度影響我，參與我建立自我的過程。

我　依你的看法，婚姻就是「選一個你想融合的對象」？

少年　對。並且，你會在與他相處時，透過他，重新認識自己。

**婚姻是你人生的「第二次投胎」，**

關於第一次投胎，
你出生在怎樣的家庭、被怎樣對待，你別無選擇，
你可能被批評、被貶低、被責怪，
這些負面經歷，造成你潛意識認定自己是個不夠好的人。
你的成長過程，一定會透過別人對你的評價，來建立自我。

你認為自己有的缺點、優點，大多時候，是透過人際關係，和
他人相處而覺察，透過別人的評價才定論，或比較而來、聽來
的。

所以，接下來，

**「你的第二次投胎，你想要塑造怎樣的自我？」**

我　我明白了，

愛情會讓你從對方的眼裡，重新認識自己，

曾經被貼的負面標籤、你原先的不自信等等，

都會因為他對你的認可，而使你重新思考

「我是不是其實不是我想的那樣？」

少年　是的。

**愛情雖會互相磨損，但也同時互相治癒。**

原來被討厭的我，在對的人面前，竟是可愛又討喜？

原來不完美的我，在他的眼裡，竟是這麼完美？

原來我被批評的部分，竟然有人可以全然的接納我？

對方對我的形容、對我的評價、發表的感受，

都會重新定義我是怎樣的人………

他對我的愛、對我的正面評價，推翻了過往我對自己的認知。

他彷彿讓我重生了，用嶄新的心態，活了過來。

愛情、婚姻，是我們重生的機會。

我　　也是我們這輩子唯一一次「親自選擇家人」的機會……

少年　　是啊，是自己選的。
　　　　既然是我們親自選的，與其抱怨伴侶很差，不如想想，自己的
　　　　眼光和能力出了什麼問題？才只能待在這樣的伴侶身旁。

　　　　**「你要選擇和怎樣的人共度餘生？」**
　　　　**其實是在選擇「你想要跟怎樣的自己共度餘生？」**

　　　　他若貶低你，你會變得更自卑、更自怨自艾……
　　　　他若疼惜你，你則發現自己有多麼惹人喜愛……

　　　　婚姻就是一次「重新定義自己是誰」的機會！
　　　　愛對了人，你會變得可愛、自信、活潑、樂觀
　　　　愛錯了人，你歇斯底里、焦慮、脆弱、易怒…

　　　　所以，我會去愛一個能讓我變得更好的對象，
　　　　我如果要喜歡你，必須是「我要喜歡和你相處時候的我自己」。

　　　　幸福，取決於你自己的選擇。

正因為伴侶能夠最深度的參與彼此「建構自我」的過程，
所以，「你要選擇和怎樣的人共度餘生？」
其實是在選擇「你想要跟怎樣的自己共度餘生？」

# 30

## 怎樣的人，值得我相伴餘生？

**我** 問你，如果已經同居多年，過著如夫妻般的生活，婚姻是否變得多餘？就不一定要結婚？

**少年** 同居的分量，和婚姻的分量，兩者是不一樣的。
在伴侶兩人之間，同居和婚姻，兩者的意義，可能可以等重，
**但婚姻不是單純兩個人的事，**
**而是關乎於「外人怎麼定義你們」。**

外人看待「男女朋友」和「夫妻」，他們的態度必然不同。舉例來說，社會主流觀感認為，夫妻分手的機率較小，男女朋友的分手機率較高。即使升格為同居人，和夫妻仍有觀感的差異。

或人們普遍會認為，夫妻是家人，比較深刻，情侶可能只是一段可長可短的過程，不比家人深刻，分手也可能此生不復相見。

當你們是夫妻，你們就成了「生命共同體」，
若你們只是情侶，那麼你們仍然是「兩個獨立個體」。

我　有沒有可能，外人怎麼看並不重要？

少年　不。即使你的所有家人朋友都死了，你也依然得面對整個社會
　　　體制的認知，比如，行政及法律上，情侶的權益，和夫妻的權
　　　益，就完全不同。

我　嗯。情侶是兩個人的事，婚姻則關乎於整串人際關係……
　　假設，這對情侶可以「不在意任何人際關係」，只管兩人世
　　界，就大可不必結婚。

少年　婚姻是把自我交給對方代言，在外人來看，你們是一體，他說
　　　的每句話、他的行為代表著你，你的一舉一動也代言著他。
　　　**人們會將你們視為一個「必須共同面對任何事的共同體」。**

我　所以我必須找到一個人，我是他，他是我……

少年　是的，你是他，他也是你。
　　　你們可以性格很不一樣，但必須互相理解。

　　　伴侶之間「不可能每件事情都取得共識」，
　　　但至少要有心去理解伴侶為什麼跟自己想的不一樣，
　　　其實只要做到這個程度，就值得繼續相處，
　　　**因為世界上沒有真愛，只有「願意互相理解的兩個人」**

當兩個人相愛，卻一直鬧矛盾，
很多時候，是你付出愛的方式，跟我期待獲得愛的方式不同。

有的人獲得愛的方式是被陪伴，是深度的對話，是報備或安全感，也有人是為你付出勞力、送禮物、或和你肢體接觸。

每個人需要的、付出的都不同，比如我用行動來愛你，你卻糾結我說得太少。我幫你準備禮物，你卻嫌我沒花時間陪你。

因為每個人的愛不一樣，所以彼此接收不到，你就算做了你的版本的 100 分，在我的主觀裡，因為那不是我要的，所以我也許只感受到 10 分，所以我有缺失感，我有另外的 90 分沒被滿足。

那你也會很挫敗啊———「我做了那麼多，花光力氣了，為什麼你就是不滿意？」只因為，我們都用自己的方式在愛人。

愛需要冷靜下來去理解，而不是只憑感受。
我要學會理解你正在用你的方法很努力的愛我，
我們也要練習為彼此做自己能力範圍內的調整。

**很多時候，你身邊的人不是不在乎你，**
**只是缺乏理解、缺乏溝通、缺乏看見。**

我們與其盲目的尋找真愛，

不如去找到「**他付出愛的方式，你能夠理解**」的那一個人吧！

我　原來「互相願意耐心理解」是最重要的……

少年　是啊！
　　　難道你會信任一個「無法理解你的人」來代言你嗎？夫妻的權利巨大，大到能在你腦死、失去意識時，決定要不要繼續急救？或放你去死？他參與你的人生，與你共同決定著你的人生。

　　　上述這些，是「有形的參與」，
　　　還有更多伴侶間「無形的參與」。

　　　比如，**他如何對待你、如何愛你、如何看待你，他對你的評價，這些都影響你對自己的「自我認知」**，你們彼此的人生觀，也一定交互影響對方的人生觀，不可避免的，因為生活在一起，所以你們**必然參與彼此「自我建構」的過程**。這些就是無形的影響。

　　　不管有形或無形的參與，伴侶都深刻影響著你。

我　幸好我停損了。
　　我經歷了一段無法互相理解，只剩互相消耗、低層次的戀愛。

低層次的戀愛，是
冷暴力、威脅、情緒勒索、肢體或言語暴力、互相傷害、拖垮。

高層次的戀愛，是
理智的溝通、自我覺察、表達情緒、同理心、雙方共好、成長。

**跟自己的心沒有連結的人真的很可怕，像是吃人能量的怪獸，
就像小時候的我自己，給不了愛，也說不出自己需要怎樣的愛。**

終於，我能放下他的理由，是因為他距離自己太遠了，
而我不想承擔他應該自己負責的課題。

正如我已經揮別了過去缺乏自我覺察的我自己，
也應該揮別他了。

**我成長到下一個階段，與他不相容了，而看不上了。**

**我相信，我值得一個有足夠自我覺察的對象，
我們能越過情緒，看見彼此情緒背後的信息，
學著正向溝通，共同為關係做最好的處置，
一起平等的面對問題。**

少年　所以，怎樣的人，值得你相伴餘生？此刻，有答案了吧。

不想改變，就接受你所選的，
若不接受，就選擇改變。

那些無法改變、不願接受，
不過是「你在為自己的認知買單」。

# 31

## 值得我傾盡一生追尋的是什麼？
## 除了愛，就是自由。

我　離開他以後，我開始了一個人的流浪，我感覺重生了，
　　重生後的我，獲得最珍貴的東西，是「自由」。

少年　**「我不要了」，是人最重要的自由。**
　　　**你一定要努力「培養自己的底氣」，**
　　　**底氣就是讓自己擁有「拒絕的能力」，**

　　　有能力離開不珍惜你的伴侶、斷聯一個忽冷忽熱的曖昧對象、
　　　辭掉討厭的工作、拒絕別人無理的要求。
　　　當你能說出「我不要了」，你就是無敵的。

我　沒有情緒，就不會被情緒勒索；
　　不在乎了，就不會被人威脅；
　　什麼都不要的人，最自由、最快樂。

少年　是的，有拒絕的能力才會讓你真正自由。
　　　不再取悅任何人，不在乎別人對你的期待，不被他人情緒左右，

你的底氣就是「我一個人也可以很好」、

「我不要你了，我甚至能過得更好」。

當你有這樣的底氣，任何人都無法綁架你的人生，

如此，你才有絕對的自主權。

我　我很喜歡現在的自己。但，要怎麼維持這樣的底氣？

少年　培養底氣的方式，就是保持自己的財富獨立、思想獨立、情感獨立，並且培育自己的興趣、專長、腦子裡裝的東西。

當你不再害怕獨自一人，且堅信未來的路會在你的努力後，變得更好，這些就是「陪你離開的籌碼」。

「我不要了」是人最重要的自由。

**若你沒有欲望，那麼，任何人都無法控制你的人生，**

**唯有當別人握有你想要的，你有求於人，你才會受制於人。**

**求薪水、求機會、求人脈、求關愛、渴望被在乎等等，**

**這些都是讓你被拿捏、讓你感到受制於人、感到不自由的根源。**

**只有當你有能力拒絕，能選擇不要，此刻，你才真正自由。**

當你一個人也自得其樂的時候，你才是無敵的。

每天醒來，想要怎樣的情緒，由你自己決定。

我　無欲無求，最自由。

　　當我獲得自由，躁亂的心也漸漸平靜了下來，

　　由內而外的寧靜，此刻，亦是我追逐已久的幸福。

痛苦、生氣、難過或快樂，
其實都取決於我們自己。

因為當你不在意了的時候，
再大的生死難關，在你面前，也都輕描淡寫。

但若你選擇了糾結，
再小的雞毛蒜皮，也能困住你的一生。

# 32

# 何謂最好的生活？

**我** 多年以後，他仍在混亂之中，而我已有雲淡風輕的生活。

說真的，當他不治癒自己的傷痛，就會不自覺把痛苦帶給沒有傷害他的人。他正如過去的我，是那樣的欠世界教訓。

**少年** 有一道玄學總能一再應驗———**不必教育一個傷害你的人，不要跟不愛你的人講道理，你只要讓他繼續做他自己，某天時候到了，他會自食惡果，那是他的課，大可與你無關。**

**我** 現在的我，很好。

一個人時，能擁有平靜，兩個人時，能感受幸福。

我不再受限於本能的吸引，當我的本能，引導我靠近了會傷害我的人事物，我意識到了我的潛意識，而選擇抵抗著我的本能，而能夠主動引導自己做出理智的選擇。

我要等的人，
是能激發我本能愛的反應，且同時能與我共創幸福的那個人。
我不因為理性考量或條件篩選，而妥協於我不夠愛的對象，
也不因為本能感性的深愛誰，而失去理性。

基於我和我的心很靠近，
所以明白我不要什麼，明白我真正想要什麼樣的生活，
於是，我能為自己做出最好的選擇———

**適合自己的選擇，就是最好的選擇。**
**適合自己的生活，就是最好的生活。**

我

少年

# 謝謝你的閱讀

在此許下最靈驗的祝福，
祝福每一位閱畢此書的讀者，
能更靠近自己的心、更明白自己的潛意識，
遇見適合自己的愛，獲得嚮往的自由。
把日子，慢慢變好。

## 我們經歷的一切，
## 不過是在為自己的認知買單。

每個人藏在潛意識裡的劇本都不相同，
我發現了我的潛意識，那你的呢？
發現了，不代表要推翻，而是代表「我有得選」。
我們可以選擇延續潛意識，或選擇克服它。
此時，有得選的我們，才是真正自由的。

當我覺察潛意識以後，我就不再是「被動的受潛意識控制」，
而是我親自選擇，選擇我要沿襲原生家庭的枷鎖，還是打破？
我知道我的狀況，我才有了選擇權。此刻，我才真正自由。

**真正的自由，不是「我不要」，
而是當我有能力選擇要，但我依然選擇了不要。**

如果我的能力，讓我只能待在籠子裡，
此時，我說我不屑那一望無際的大草原，這是我矯情。

而當我的能力，讓我能奔馳在大草原，
此時，我仍選擇回到小籠子、過小日子，這才是本事。

只有我有能力選擇，而我也可以不選，這才是自由。
自由，是我依照我的需求而選，不是礙於我的限制而選。

做選擇前，得先弄清楚自己。
因為想要的生活，太主觀了，想要的愛情，也是絕對主觀的事，
別人認為不好的，若你能承受、和平共處，那就是你獨有的好。

人的一生像一齣戲，要找一個愛你的人，陪你演你想要的劇本，
劇情可能不健康，會有佔有欲、控制欲、不安脆弱、負面情緒，
但你，及你選擇的愛人，必須懂得入戲、出戲，
入戲時，一起在故事裡暢遊、胡搞，
遇到現實問題，隨時一秒出戲，一起面對現實。

最嚮往的感情，是兩個健康的人，一起演一齣不健康的戲，
也隨時保有切換回健康狀態的彈性。
如果真找到這樣的人，才有相伴餘生的樂趣。

**最後，想謝謝讀者們的閱讀。**

正是因為你們喜歡我的作品，才成就我能持續把寫書作為職業。

謝謝你們在 instagram：iam_3636 上給我的鼓勵。

寫作最愉快的是日子能單純，泡在文字海，屏除外界一切紛擾，

更愉快的，是透過文字與不相識的你們產生無形的共鳴，

這一份情感連結，就是作者與讀者的羈絆。我很喜歡。

這次，我花了十個月的時間，整理了過去八年寫的日記與短文。

回顧「我們」八年間的「自我對話」，並整理成此書。

這些像是自我諮商，又像人格分裂的日記與對話，

在我困惑或低潮時，總能派上用場，

幫助我自我療癒，給我向前走的力氣。

把過去整理乾淨、把潛意識弄清楚了，不代表未來會一路順遂。

但至少面對狀況時，能清楚知道「為什麼我會遭遇此情況」，

知道「我有哪些選項」，我想選擇繼續淪陷？還是上岸？

不想改變，就接受你所選的；
若不接受，就選擇改變。
那些既無法改變又不願接受，
不過是「你在為自己的認知買單」。

把自己的潛意識弄明白，把可控的部分充分瞭解後，
盡力，是給自己交代；其餘不可控的，交給運氣，隨遇而安。

**把日子過明白，一切自有安排。**

全文完

# 專文推薦
## 諮商心理師　陳志恆

在親密關係中，我們常以為真正的愛，是對方得毫無保留地為你犧牲、付出所有，或視你為至高與唯一。但其實，那不過是我們在關係中，缺乏安全感而衍生出來不切實際的空想。

說到底，很多時候是自我價值低落，想透過另一個人所謂愛的表現，來證明自己是夠好的。就好像小的時候，我們期待父母能夠看見、讚賞並無條件地呵護著我們一般。

因為小時候得不著，只好在婚姻裡向另一半要；另一半給不了，就在親子關係中向孩子要。一個不小心，開始操控起孩子的人生，不允許孩子做自己。

然而，不論伴侶或孩子，都是獨立的個體。人與人相處在一起，需要彼此包容，互相成全，但你卻**不能強求別人給不出或不想給的東西**。

在黃山料的新書《把日子慢慢變好》中，透過自我對話，一再地深入探究愛與關係的本質。最終，我們需要學習在關係中，做到兩件事：

**第一、了解自己。**

知道自己真正想要的是什麼，不要的是什麼；因為足夠了解自己，才能打破不切實際的期待，為自己負起責任。

**第二、尊重對方。**

體悟自己無法改變另一個人，另一個人也沒有義務為你改變。你可以等待對方轉變，陪著對方成長，但如果對方不為所動，你也得承受這分失落，這也是自我負責。

黃山料的文筆依然觸動人心。**在這本書中，你會讀到兩個黃山料，一個是迷失在愛中的自己，一個是成熟理智的自己。 循著他們對話的軌跡，讀者有機會釐清自己的盲點，拓展覺察，而為自己在關係中做出新的決定。**

愛是一種需要學習的能力，在愛裡沒有人應該委屈。許多人在關係中抱怨連連，但卻又離不開；很可能這段關係還有值得留戀之處，或者離開得付出更多的代價。如果你也卡在進退兩難中，你可以好好思考究竟發生了什麼事。

我建議，可以的話，反覆閱讀、細細思考書裡的文字。這些文字將會幫助你反思自己的現況。你也可以透過文字整理你的思緒，安頓你的焦慮或不安，得到更多平靜與自在。

# 專文推薦
## 諮商心理師　胡展誥

**即使遠離了熱鬧的喧囂、努力找到寂靜不被打擾的空間，**
**你依舊無法停止與另一個人對話。**
**那一個人，就是自己。**

我們在成長過程中遭遇的事件、重要他人對待我們的方式，
往往會建構出我們與自己對話的內容。書裡面的「我」經常說：
「他為什麼可以這樣對我？」
「我要改變他，我想證明我做得到。」
「我這麼認真付出，他怎麼可以不懂我？」

這些與自己的對話，其實也都反映出我們看待自己、看待感
情，乃至於看待世界的觀點。可是很多時候也正是因為這些觀
點，讓我們陷入受苦的情緒裡，難以脫困。

好比說，當我們對自己說：「不要想太多！放手去愛、用心去
愛，只要夠努力，對方一定會被我們感動的！」
可是你愛對方的方式，並沒有與對方核對。
長時間下來，只會換來一段兩敗俱傷的關係。

然後你要不是在心裡埋怨找不到「對的人」，就是責備自己太笨、太不懂得在感情中有所「保留」，以致於真心換絕情。

這些觀點與內在對話很可能會讓你對感情感到卻步、對關係產生質疑，卻無助於你學會建立一段親密而健康的關係。

這時候你需要停下來，傾聽代表智慧與成熟的「少年」說：
「等等，你確定你給的，是對方想要的嗎？」
「你愛的是對方原本的樣子，還是被你改造過的樣子呢？」
「你能夠勇敢承認你之所以經常被某類型的人吸引，往往是因為自己內在也有某些沒有被解決的議題嗎？」

就如同在書裡，自己在與少年的對話中，逐漸向內探索、看見自己的盲點，進而找出自己真正的期待，然後形塑出新的觀點、並且找到新的行動策略。

我相信，你也想遇到自己內心那一位充滿智慧的少年。
希望透過與他對話，能夠對自己更瞭解。
慢慢來，允許自己慢慢地成長。

成長的過程需要時間沉澱與醞釀，也需要勇氣去探索與碰撞。

不要害怕向內探索，這麼一來你才能將「把日子活好」的權力掌握在自己手上。不要害怕改變，很多時候當你改變了、離開了，也才能開始走向自己。

就像我很喜歡山料在書裡寫的一句話：
**「離開以後，今天的你，重生了。」**

國家圖書館出版品預行編目資料

把日子慢慢變好 / 黃山料作 . -- 初版 . -- 臺北市：
三采文化股份有限公司, 2024.11
　面；　公分 . --（愛寫；61）
ISBN 978-626-358-500-3（平裝）

863.55　　　　　　　113012868

suncolor
三采文化

愛寫 61

# 把日子慢慢變好

作者｜黃山料
編輯四部 總編輯｜王曉雯　執行編輯｜袁沅
美術主編｜藍秀婷　封面設計｜方曉君　版型設計｜方曉君
專案協理｜張育珊　行銷副理｜周傳雅
內頁編排｜陳佩君　校對｜黃薇霓

發行人｜張輝明　總編輯長｜曾雅青　發行所｜三采文化股份有限公司
地址｜台北市內湖區瑞光路 513 巷 33 號 8 樓
傳訊｜TEL:(02) 8797-1234　FAX:(02) 8797-1688　網址｜www.suncolor.com.tw
郵政劃撥｜帳號：14319060　戶名：三采文化股份有限公司
初版發行｜2024 年 11 月 1 日　定價｜NT$420
　　2 刷｜2025 年 1 月 20 日